我彌留之際

威廉·福克納——著
葉佳怡——譯

目錄

導讀
界限跨越與遺失之旅

文／蔡秀枝（國立臺灣大學外國語文學系教授）

一九二九年十月，剛剛新婚四個月的威廉·福克納在經濟困窘的壓力，與證明專業寫作能力的壯志下，僅僅用了六週就完成《我彌留之際》。小說敘事主要由邦德倫家成員的獨白所組成。全書共五十九個章節，穿梭演繹著宗教與俗世、精神與肉體、自然與人力、語言與行動、人與動物間的衝突與糾纏。由始至終，本書都籠罩在愛笛的死亡陰影之下。愛笛的死亡是邦德倫家成員一連串自我考驗的開始。在運送棺木到傑佛森鎮下葬的移靈旅程中，他們遇到的拖延、轉折、磨難與意外，都是界限的跨越。愛笛的孩子在充斥著喧囂、暴力、親情和私欲的拉鋸戰中，只能孤寂地承受精神的混沌與感情的磨難。

死亡陰影下的孤寂之旅

愛笛的孩子們失去的不僅是母親，還逐步丟失身體的所有權（凱許的腿、杜葳·戴爾的身體）、正常的神智（達爾）、手足間的情誼（凱許和達爾、達爾與杜葳·戴爾）、以及努力攢存下來的財物（凱許的錢、珠爾的馬、拉菲給杜葳·戴爾去打胎的錢）。然而他們那個既無愛、亦無任何作為的父親安斯，卻自私又恣意地搶奪子女的一切，最終如願在傑佛森尋到新的邦德倫太太，並且安置一副假牙。整部小說暴露的不僅是失去母親之後幾個角色內在欲望的抬頭，與外在自然環境無情的打擊，還處處散發著邦德倫家族所立足的這片南方土地上，環伺於生存背後的無情天地，以及艱困掙扎下存活的人們與不同物種間的相互依存與獨特交流。於是在母親的遺志與死亡陰影的籠罩下，愛笛的子女演繹了一場孤獨自我的遇見之旅。

狂暴的愛與憤怒

愛笛在《我彌留之際》裡僅出現一次，敘述她自己的故事。她壓抑著體內莫名的、源於文化對女性思想與身體的箝制而引發的孤寂，藉由對犯錯學生的鞭打懲戒，讓自己體內野性的血液呼應著學生體內喧囂的血液，讓這奔騰熱血所隱含的狂野生命力與可能隱藏的惡與罪的發源，聯繫起人與人之間隱形陰暗的暴力關係。孤寂的愛笛婚後困頓於安斯的農場，懷孕生下凱許時才看清安斯所設下的「家」的騙局，所以她視凱許為她自己一人所有，達爾降生時，絕望的愛笛早已認清安斯，並拒絕再與安斯有任何親近行為。愛笛從自身的孤寂與壓抑中，深深痛恨這沒有愛的牢籠，厭惡語言的空洞、虛假與欺騙。而安斯就正好是這樣一個善於運用語言來偽裝的人。所以不管他叫什麼名字，對愛笛而言都沒有任何差別，因為安斯沒有愛——也沒有心。安斯在她的心中早已死亡。然而珠爾的出生與存在卻改變了一切，珠爾是她愛的寄託，與一生僅有的愛的證明。雖然她狂暴的愛與血性的孤寂只能深深隱藏在她犯罪的衣袍與惠特菲爾德牧師有罪的法袍之下，這注定是無法被言語揭露的，一種越界與深狂的愛。

以身轉載母親的愛之符碼

然而孤寂並非愛笛一人所專屬。愛笛的孩子們都承繼了她在世的孤寂與閉鎖。語言因其蒼白無力而遭愛笛無視，然而她由生至死的生活經驗，只成就了無法表達的愛，與隱藏了哀悼與心死的生活。語言於她如無物，而愛與情感也無法在貧瘠的土壤中發芽，只得藉扭曲、陰暗與憤怒來掩藏。愛笛這樣的態度與情感的現實狀況隨著血液與生活經驗，也轉印至其子女身上，於是愛笛與子女間的關係，便逕自發展出不同的模式與特色。

凱許習慣依據字面意義去理解語言，他承襲也展演了語言只有表象意義的運作模式。但是在他列舉製作棺木所需遵守的十三道工序時，凱許不僅展現了身為木匠對其專業知識的熟稔，也輾轉繼承了愛笛勘破語言表象後仍艱忍支持下去的生存意志。所以凱許能在無情環境的碾壓與遭受斷腿的折磨下，依舊不屈不撓、盡職盡責地堅持完成移靈旅程，以行動來捍衛母親的遺願。

凱許能以認真製作棺木來讓臨終時的愛笛放心，並藉此表達對母親的情感，相較之下，脾性僵硬暴烈的珠爾，由於背負著從出生開始就銘刻於身的、母親不能彰顯的愛戀，所以除了行使血性暴力的語言與行動之外，根本無法與人自然地溝通交際，更遑論以語言和行動適切地表達他對母親的情感。這僅能容下母子兩人的祕密，最終也只能藉由他鍾愛的馬兒來作為替代品，補償他無法表達的、對於母親的依戀與保護。雖然最終珠爾被安斯設計，被迫賣了愛馬，換一對騾子來運送愛笛的棺木，但是也可因此見證珠爾對母親無私的愛。

年紀最小的瓦達曼在愛笛去世時，尚且無法理解母親死亡的意義，所以只能根據他自己的想像，將他感受到的滯悶與窒息的身體狀況，聯想成愛笛死亡的狀態。因此當凱許將愛笛的棺木釘死時，瓦達曼就趁著夜半時分，利用凱許的工具在棺木上鑿出許多孔洞讓愛笛能夠呼吸。這是經受母親死亡創傷的瓦達曼所表現出對母親身體的依戀與保護。

愛笛唯一的女兒杜葳・戴爾在母親去世時，由於已珠胎暗結，只能陰暗地獨自面對體內胎兒的存在所帶來的憂慮與不安，承受著愛笛也曾飽嘗的、生命中最不可擺脫的桎梏。杜葳・戴爾是自私與蠢笨的，她無法分神去為母親哀悼，因為她自己就已經在身體裡孕育著將為她帶來與愛笛同樣的、甚至更悲慘的命運種子。

只有達爾，能夠經由強大的精神感知能力，洞悉身旁人們的意向與行徑，因而讓他的語言在描述周遭人物時，流淌著超越俗世的感知與詩意。但是達爾是缺少行動力的，他並沒有繼承到愛笛的血性與憤怒，反而保留著愛笛對外界一概的冷視，所以即使達爾有著細膩的反思與觀察分析能力，他對周遭的環境、人們與物事卻都抱持著淡漠的距離。達爾出生時愛笛早已經對生活失去期待，更視安斯為無物，所以達爾說他沒有母親，但是卻也一直沒有放棄找尋與建立能和母親相連的繫帶。當他終於決定不應該讓愛笛在棺木中腐爛發臭，而放手一搏展開行動放火焚棺、意欲中斷這趟偏離軌道的旅程時，卻被自私無情的安斯送進瘋人院。

界限的跨越與失去和遺忘的旅程

在這段移靈之路裡，達爾作為獨白者，進行了許多段敘事，有時亦會彷彿如親見般地講述著事件，讓充滿災難的十天旅程在他如詩的話語中，引領出一種奇特並混雜著超越現實的觀察與感知。當邦德倫家一行人坐上載運愛笛棺木的騾車出發時，珠爾拒絕與大家同乘，堅持騎著他心愛的馬從後面遠遠跟上大家。安斯對此非常不滿，但是達爾卻在此時對這樣昏昏欲睡、有如夢幻般緩慢前行的旅程發出了喟嘆：「彷彿在我們與目的地之間縮減的不是空間，而是時間。」於是在這趟旅途開始之時，達爾彷佛就已輕巧地將安斯對珠爾「不同乘靈車是對死者不敬」這樣的指責轉移到旅程本身。達爾將這段移靈的路程從空間的距離轉換為時間的間隔。

然而這比喻與現實間竟有若干巧合之處。對於愛笛而言，她與傑佛森的距離，確實是時間上的差距，是她未婚之前與嫁做人婦之後兩段時間的差距。對珠爾來說，騎乘他心愛的馬匹就是他對母親最高的敬意，一如凱許專注製作棺木以示對母親的敬重一般。敬愛的心意不是座位的距離，愛戀也不是躺在身側的距離。

待邦德倫一家準備運載棺木渡河時，達爾突然靜靜地望向一百碼外已經先行過河的家人們縮小的身影，然後再度凝想：這樣的橫渡其實並不是空間的跨越，而是時間的跨越：「彷彿我們之間存在的空間其實是時間：帶有一去不復返的質地。」而更令人驚異的是，達爾將這時間比喻為一條環形的線，在衝向他們與我們之際，也同時將兩邊的距離逐漸拉長。因為與家人之間的距離其實並不是由於空間的相隔，而是因為時間的落差。錯過的只會更加隔閡而不是拉近。達爾是在愛笛視安斯為死物時不小心懷上的。達爾說他無法愛他的母親，因為他沒有母親，然而他卻總是不放棄地在各處探尋母親與她的愛的痕跡。所以他才能看清並感知到橫亙在愛笛與子女之間的，是時間差距裡因為種種錯失而無法傳達的親情與愛。這樣無法碰觸的距離正是漫漫時光之中無法跨越的鴻溝，於是時間彷彿是阻隔在河兩岸、兩群人之間的一條銀帶，隔開這兩群人的，並不是距離，而是不斷拉長的時間。

《我彌留之際》中造成分界的，還有物種之間的差異。各種動物的比喻讓本書充滿了不同物種間生機勃發的差異，而人們運用物種間因鄰近關係而產生的身分轉換聯想，則不僅是於穿插在死亡的陰暗敘事調子裡製造幽默，而且還聯繫起人與物種間原本隱匿於不同表象之下的共同生命基調。達爾說，瓦達曼的母親是魚，而愛馬的珠爾，他的母親是馬。珠爾的性子猛暴，但是他對馬的愛也是藏在這暴烈之中。同理，珠爾對母親死亡的哀痛與不捨，也無法用言語來表達，而是形諸於駕馭與辱罵烈馬的種種行為之中。

當瓦達曼在認知與敘說「我的母親是魚」時，已經超越物種界限，將母親的死亡聯想串接到他當日捕獲的魚的死亡概念之中。瓦達曼此舉猶似年輕的愛笛將自身狂熱的血液與學生受處罰時疼痛炙熱的血液串連一氣。他以瀕死的愛笛和垂死掙扎的魚聯想起來，也串接了人與魚的生與死。他阻止杜葳・戴爾烹魚，因為那是他的愛笛。愛笛的棺木落水時，他以為達爾會將愛笛（棺木）抓上岸，不料事與願違，於是他難過地責備達爾：「你知道她是條魚，卻還是讓她溜走了。」藉由物種間身分與生命轉換的連接與聯想，瓦達曼與珠爾都因此得以伸展了一部分因母喪而患上的抑鬱。然而最終達爾難得理性的縱火行為，卻讓他背負上精神失常之名。達爾的行為讓凱許有些感嘆：「……我真不確定誰有權去判斷一個人是不是瘋了。」然而人為的界限該如何界定？由誰界定？是誰跨了界，而誰沒有跨界？

《我彌留之際》演繹了一場由愛笛子女向母親致上的、屬於失去和遺忘的最後旅程。在這場移靈的儀式裡，他們陸續失去各自身體與精神的健康，然後再失去個人珍重的財物。死亡、伴隨、跨界、憤怒與憂傷都將過去，愛笛終將被遺留在傑佛森。然後餘下的人會繼續邁向他們各自艱難的人生。

譯序

書名、人物與時空的揣摩

文／葉佳怡（本書譯者、作家）

翻譯經典作品實在是項重責大任。在此之前，福克納的*As I Lay Dying*在台灣只出過一個中文譯本，也就是一九八〇年出版的《出殯現形記》，此書由林啟藩及彭小妍合譯。中國譯本則以李文俊的《我彌留之際》為主，目前查到最早的資料是一九九〇年年由灕江出版社出版（中國的簡體譯本眾多，我也有多方參閱，但大多譯本都已李文俊譯本為基礎）。這兩本譯本我都有參考，但借鏡之處各有所不同。

就書名部分，《出殯現形記》捨棄原文字面之意，並類似「官場現形記」帶有批判意味，而《我彌留之際》則保留福克納原本的概念，以《奧德賽》（*Odyssey*）中阿伽門農的台詞原意直譯。由於這個故事是結合十五個人物的外在表現及內在思緒，以各種心理空間彼此對照的方式，去探索女主角愛笛從垂死、死亡，到「社會性身分」隨下葬消失的這段時間裡頭，每個人若隱若現的人生故事，承此，我認為「我彌留之際」保留了這種帶有空間及時間感的開放性。

不過在細究福克納所參考的《奧德賽》英譯內容（他參考的是Sir William Morris於一九二五年出版的譯本），這段是阿迦門農回憶過往，提到外遇的妻子用劍刺殺自己，而他在垂死之際想要反擊。然而「彌留」一詞在古中文中帶有「久病」或「久病將死」之意，在當代台灣的醫療場域，又常用來對家屬形容人死之前，那個失去大多知覺及反應能力的階段，不符合阿迦門農的狀態。再者，儘管福克納筆下的愛笛似乎是生病而死，他卻沒有在小說中強調「as I lay dying」的是誰，若要用阿迦門農的例子去對照，as I lay dying指的也可能是她的丈夫安斯，若再綜觀全書佈局，考量他討論的不只是身體的死亡，還包括每個角色在俗世生活中掙扎、奮鬥時，精神層面卻也同時逐漸受到侵蝕而死亡的脈絡。那麼，「彌留」一詞可能蘊含的「失去知覺」之意顯得過於被動。因此，我興起了選擇使用「我垂死之際」作為書名的想法。不過，出版社考量讀者對《我彌留之際》的書名較為熟悉，所以參考業務跟通路的意見之後，仍保留目前市面上較常見的譯名。

人名方面，《出殯現形記》採同化譯法，所以全部譯成姓氏在前的三字（或二字）人名，然而當今並不流行此種譯法。行文風格方面，兩個版本都跟台灣現今讀者的習慣有一段差距，所以我直接使用混合了異化元素的當代中文。雖然這是美國南方的故事，角色使用的也是當時南方人的英文，但其實從當代台灣的視角去看，無論是把美國南方類比成台灣南方，或者將當時的美國南方佃農類比為台灣當代或日治時代的農夫，其實都有類比失準的風險，並暴露出無謂的「中心—地方」思維。所以我只有在角色的「外在口語」及「內心意識流」方面作語氣上的區分，並沒有考慮任何與現行國語不同的語言。

然而，關於其中涉及「存在」的哲學思維部分，由於福克納的書寫筆法本身就具有疏離的效果，並透過某種「不寫實」的技巧去呈現角色的心靈狀態，因此，我沒有試圖為這部分的描述套上任何寫實的脈絡，而是直接將我對福克納透過幾個角色討論的「存在」概念在詮釋後譯出（其中，注15為最明顯的例子）。

另外考量到內文的心理意識流部分已使用大量缺乏標點符號、長句，和抽象性哲學思考的元素，外在口語我盡量以維持故事節奏、不使讀者閱讀困難為優先考量。內心意識流方面，只要是作者整段沒有使用標點符號的部分，我就維持同樣格式，其他長句則視閱讀的順暢性斷句，但以不跟原作節奏差距過大為原則。

由於《我彌留之際》內在隱藏了大量跟《聖經》及其他文學作品有關的指涉，再加上二十世紀初美國南方小鎮有其特殊文化，以及福克納使用了許多自己新創字詞、略稱及比喻。所以我參考了一九九〇年由美國紐約加蘭出版社（Garland）出版的福克納作品注解系列（*As I lay dying / annotated by Dianne C. Luce.*），希望能儘量確保接近作者建構的時代氛圍。

最後，感謝詹姆斯．法蘭柯（James Franco）在二〇一三年把這部作品拍成電影。這部小說充滿難以影像化的詩意、抽象的語言，但也使用了不少外在空間來隱喻人的內心狀態，因此，電影針對實際建築、道路、河流、藥店及市鎮的考證及呈現，確實為我提供了不少有用資訊。若對那個時代的氛圍及場景細節有興趣，也推薦大家參考。

人物關係圖

鄰人

- 鄰居 寇拉・涂爾（夫妻）鄰居 佛爾農・涂爾
- 醫師 皮巴迪
- 牧師 惠特菲爾德

前往傑佛森的路上

- 農夫 雅姆斯提德
- 農夫 山姆森
- 藥房店員 麥高文
- 藥房店員 摩斯利

邦德倫家族

- 母親 愛笛（夫妻）父親 安斯
- 長子 凱許
- 次子 達爾
- 三子 珠爾
- 長女 杜葳・戴爾
- 么子 瓦達曼

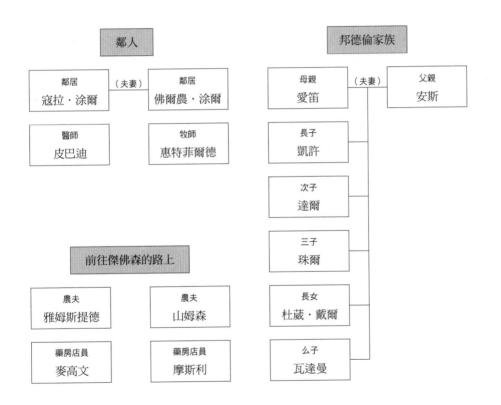

我彌留之際

As I Lay Dying

達爾

珠爾和我從田地裡走上來，一前一後沿小徑走著。我走在他前方十五英尺，但若棉花房中有人，一定能看到珠爾的破損草帽比我的草帽高出一個頭。

這條小徑筆直如同鉛錘線，長年被人的腳步磨平，又被七月烈日烤得磚塊般堅硬，小徑穿越一排排等待進入採收期的綠色棉花植株，通往田地中央的棉花房，接著在房子周圍以四個圓滑直角繞成一圈，再次延伸入田地，但因為被人的腳步磨得太厲害，已逐漸失去原本的精準邊界。

棉花房由粗糙圓木所建造，木材間填料早已掉得差不多了。這是棟方形建築，有著破舊的單坡屋頂，但建築體早已歪斜，此刻在陽光中空盪佇立著，衰敗細節被照得閃閃發光，另有兩扇位於相對牆面的大窗正對著那條小徑。抵達棉花房後，我沿小徑繞著房子走。珠爾仍在我身後十五英尺，眼神直瞪前方，一大步跨進其中一扇窗戶。

他灰白的眼睛仍直瞪前方，彷彿兩塊木頭裝在那張用木頭打的臉上，他又跨了四大步走過棉花房，姿勢就像雪茄店宣傳用的木製印地安人偶一樣僵硬笨重，而且是一具連身吊帶褲縫滿補丁，只有下半身被賦予活動力的人偶。他一腳跨出另一扇窗戶再次走上小徑，此時我正要繞過轉角與他會合。我們又一前一後相隔五英尺走著，只是這次珠爾走前面。我們繼續往前朝斷崖底部走去。

涂爾的馬車停在泉邊，馬栓在欄杆上，韁繩繞在駕座托柱上。馬車裡放了兩把椅子。珠爾在泉水邊停下，取了掛在柳枝上的葫蘆瓢舀水喝。我繞過他，再次走上小徑，凱許鋸木頭的聲音開始傳入耳內。

等我走上崖頂，他已放下鋸子，正站在一堆木屑中把兩片木板拼起來。木板在縫隙的陰影之間顯得金黃，彷彿柔軟的金子，兩側有扁斧削整過的平滑起伏：這個凱許，還真是個好木匠。他把兩塊木板擱在木架上，邊對準邊拼成這個精美木箱子的一角。他跪下，瞇眼觀察木板邊緣，放下板子拾起扁斧。還真是個好木匠呀。愛笛・邦德倫不可能找到更好的木匠或一副更好的棺材了。這能為她帶來信心和寬慰。我繼續往屋子走去，身後是扁斧

喳喀、喳喀、喳喀、
的聲響。

寇拉

所以我昨天省下雞蛋來烤了蛋糕。成果挺不賴。我們的生活很仰賴這些雞。牠們很能下蛋，不過在負鼠跟其他類似的傢伙鬧過後沒剩幾隻了。蛇也來過，夏天的時候。蛇比什麼都能更快瓦解一座雞舍。所以在這些雞的成本遠超過涂爾先生預期，我又保證雞蛋數字足以彌補損失之後，現在可得特別謹慎，畢竟當初也是我再三保證才養了這些雞。我們本來可以養便宜一點的雞，不過羅因頓小姐建議我養窩品種好的，我也就為這窩雞掛了保證，因為涂爾先生自己也承認，長遠來看，品種好的乳牛或豬是好投資。所以在我們損失很多雞之後，就沒辦法留什麼蛋自用了，畢竟當初是我說要養雞，可不能讓涂爾先生為此罵我。所以當羅因頓小姐跟我說了蛋糕的事，我想說可以靠著烤蛋糕，一次賺夠等同兩隻雞帶來的淨利。反正我只需要一次省下一顆蛋，連蛋錢都不用花。而且那個星期，雞下蛋的狀況很好，不只能應付之前說好要賣的數量，還能拿來烤蛋糕，甚至足以換來免錢的麵粉、糖和爐柴。所以我昨天烤了蛋糕，這輩子從沒這麼仔細地烤了蛋糕，成果挺不賴。不過我們那天早上進了城，羅因頓小姐說那名女士改變心意，不打算辦什麼派對了。

「她無論如何都該買下這些蛋糕才對。」凱特說。

「哎呀，」我說：「我想她現在也用不上這些蛋糕了。」

「她該買下蛋糕，」凱特說：「但那些有錢的城中女士總能改變心意。窮人家可不行。」

有錢人在主面前什麼都不是，因為祂能看穿人心。「說不定我可以在星期六的市集把蛋糕賣出去。」我說。這些蛋糕真的烤得挺不賴。

「妳那一個蛋糕賣不到兩塊錢。」凱特。

「哎呀，反正做蛋糕也沒花到我什麼錢。」我說。我就是把多的蛋拿來用，又用了十幾顆蛋去換了糖跟麵粉。反正蛋糕也沒真花到我什麼錢，涂爾先生自己也清楚，我留下的蛋遠超過我們約好要賣的數量，所以就像是我們撿到了一些蛋，或是有人多送了蛋來一樣。

「她應該買下那些蛋糕，她承諾過了。」凱特說。主可以看穿人心。如果根據祂的旨意，有些傢伙對誠實的概念就是跟別人不同，我也沒有立場質疑祂諭旨。

「我想她也用不上這些蛋糕了。」我說。這些蛋糕也真是烤得挺不賴。

她身上的毯子一路蓋到下巴，就算天氣熱成這樣，也只有兩隻手和臉露在外面。她斜倚在枕上，頭為了看得見窗外而撐起，每次只要他拿起扁斧或鋸子，我們都能聽見。就算是聾了，任何人幾乎也能透過她的臉聽見他、看見他。她的臉已消瘦下去，緊貼著皮膚的骨頭在臉上劃出白色稜線。她的雙眼就像兩支蠟燭，當你望過去時，那兩支蠟燭正融化淌入鐵製燭台的凹窩內。然而永恆、永遠的救恩及恩典卻沒有降臨於她。

「這些蛋糕真的烤得很好，」我說：「但比不上愛笛之前烤的那種。」你能透過枕套看出那個女孩清洗、熨燙的本領，若那枕套真算是有燙過的話。或許她能因此明白自己有多盲目，竟然躺在那裡任由四個男人跟一個男孩子氣的女孩擺布。「這一帶沒有人的烘焙技巧比得上愛笛．邦德倫。」我說：「我們知道，她只要能起身就會重操舊業，然後我們的蛋糕就賣不出去啦。」她在毯子底下隆起的身體彷彿只是一道欄杆，你只能憑藉床墊內乾燥玉米殼[1]發出的沙沙聲響確認她在呼吸。就連她臉頰上的髮絲都沒動靜，就連女孩就站在一旁用扇子搧風也沒動靜。就在我們看著的時候，她將扇子換到另一隻手，搧的動作始終沒停。

「她在睡覺嗎？」凱特悄聲問。

「她只是看著那邊的凱許。」女孩說。我們可以聽見鋸木板的聲音。聽起來像打鼾。尤拉轉過身看向窗外，她的項鍊搭配紅帽子真好看。你絕不會想到那條項鍊只花了她二十五分錢。

「她應該要買下那些蛋糕才對。」凱特說。

我本來可以好好運用那些賺來的錢。但除了出力烘焙之外，反正蛋糕也沒真花到我什麼錢。我可以告訴他，任何人都可能失誤，但不是所有人都能毫無損失地脫身，我可以告訴他。不是每個人都能吃下自己的錯誤，我可以告訴他。

有人穿過走廊而來。是達爾。他走進門時沒往內看。尤拉看著他就這麼經過再消

1 當時塞在床單內的多為乾燥的玉米莢殼或粗糠。

失於後方。她抬起手輕撫項鍊的珠子，又摸摸頭髮。當她發現我在看，眼神立刻放了空。

達爾

爸和佛爾農正坐在後廊上。爸正用大拇指及食指將下唇往外拉，將沾菸草[2]從盒蓋上斜斜倒入下唇。我跨越後廊，將葫蘆瓢伸進桶內取水喝，他們轉頭看我。

「珠爾在哪？」爸說。我還是個小男孩時，第一次知道水在雪松桶內放一陣子後會變得多好喝。那是一種溫潤的清涼感，嘗起來帶點七月熱風掃過雪松樹的氣味。但水一定要放上六小時，而且得用葫蘆瓢喝。絕不能用金屬容器來喝。

水的味道在晚上更好。我之前會睡在穿廊的地鋪上，就為了等大家入睡，用耳朵確認沒有動靜後，就能起身回到水桶旁。那時一切都是黑的，板蓋也黑漆漆的，靜止

2 沾菸草的主要客群多為低下階層，主要透過沾在牙齦上吸收其中成分。此外，咀嚼用的菸草通常只有男人使用，而沾菸草當時是男女皆會使用的產品。

的水面是個空無的圓孔，在我用長柄杓攪動前，或許會看到一、兩顆星星，而喝下水之前，或許也會在杓內看到一、兩顆星星。之後我身體長大了，年紀也大了。我會等他們全部睡著，睡衣往上翻開躺在地上，聆聽他們睡覺，不用碰觸自己就能感覺自己的存在，感覺清涼的沉默吹拂過我的身體各部位，一邊好奇凱許是否也在黑暗的某處做著同樣的事，而且或許早在我能夠想要、能夠這麼做之前，他就已這麼做了兩年。

爸的雙腳難看地往外擺著，腳趾彷彿抽筋般彎曲變形，兩隻小趾都沒趾甲，因為小時候穿著自製鞋在潮溼環境中工作太辛苦的緣故。他的椅子旁擱著硬皮工作靴。那雙靴子看起來像用鈍斧從生鐵塊中直接砍鑿下來一樣。佛爾農剛進過城。我從沒見過他穿吊帶褲進城。是因為他妻子的緣故，人們說。她也曾在學校當過老師，但就教過一次。

我把杓子內剩下的水潑到地上，用袖子擦嘴。明早之前會下雨。說不定今晚來臨前就會下了。「他到穀倉去了，」我說：「正給車騾套挽具。」

他在那兒跟那匹馬廝混。他將穿過穀倉，走上草地。那匹馬兒不會在他的視線內：只有他被一堆松針包圍，被一片清涼包圍。珠爾吹起口哨，聲音非常尖銳。馬兒噴了聲鼻息，珠爾看見牠，看見牠在眾多藍色陰影中閃爍出一瞬間浮誇的身影。珠爾又吹了聲口哨；那匹馬從坡頂往下跑來，四條腿僵直，耳朵豎起翻飛，兩隻不對稱的眼睛轉呀轉的，抵達距離珠爾二十英尺的地方之後，牠突然側身停下，扭頭越過肩膀望向他，模樣嬌俏又警覺。

「來這裡吧，先生。」珠爾說。馬兒動了，那速度之快，讓牠的毛皮一簇簇像火舌般飛旋。牠的鬃毛及尾巴翻甩，一隻眼睛轉了轉，同時又騰越衝刺了一小段距離，再次停下，腳合攏在一起，就這麼看著珠爾。珠爾穩定地走向牠，雙手放在兩側。除了珠爾移動的雙腳外，他們彷彿是為了成就陽光下一個張牙舞爪的停格場面，所刻出來的兩具木偶。

就在珠爾幾乎能碰到牠時，馬兒用後腳直立，往下朝珠爾身上猛攻。接著珠爾被一陣光影閃爍的馬蹄迷陣給包圍，彷彿出現被飛馬翅膀包圍的幻覺[3]；就在這迷陣中，在馬兒高聳的胸口底下，他像蛇一樣靈活閃動。就在這波猛擊要碰觸到他雙臂的

3 這裡指涉的是希臘神話中的飛馬佩加所斯（Pegasus），是詩意靈感的象徵。

前一刻，他看見自己整個身體騰空而起，平行於地面，如蛇般靈活一竄，手找到馬的鼻孔，人才再次落地。接著他們僵持不動，情緒激昂，馬兒用發抖僵直的腿往後抵抗，頭垂得很低；珠爾用腳跟死頂住地面，一隻手堵住馬的鼻息，另一隻手不停快速輕拍馬脖子，又是安撫又是用難聽殘暴的話咒罵牠。

他們就這麼暫時激動僵持了一下，馬兒一邊顫抖一邊呻吟。緊接著珠爾就上了馬背。他躬身向上一個騰躍，彷彿一道鞭擊，身體在半空中調整成騎馬的姿態。有一段時間，馬兒就這麼腿岔開站著，頭往下垂，接著又鬧騰起來。他們一起往山丘底下移動，一起經歷讓脊椎都遭受劇烈顛簸的一連串跳躍，珠爾坐得高高的，彷彿黏在馬肩隆處的水蛭般不動，抵達欄杆邊後，馬兒才急跳幾步後煞住。

「好了，」珠爾說：「要是鬧夠了，現在就給我冷靜一下。」

到了穀倉內，珠爾在馬停步前就快速滑回地面。馬走進廄位，珠爾跟在後面。馬沒回頭，直接踢向他，一隻蹄子在牆上留下子彈般的印記。珠爾踢了牠的肚子；馬兒背頸往上拱起，突然亮出牙齒；珠爾用拳頭揍牠的臉，划步走向食槽，蹲在上面。他靠著乾草架，低下頭，從廄位頂端往外看，再往穀倉門外看。整條路空蕩蕩的；這裡甚至聽不見凱許鋸木頭的聲音。他把手往上伸，急匆匆拉下滿滿一懷抱的乾草，塞進乾草架內。

「吃，」他說：「趁你有機會時，把這些天殺的東西消滅掉吧，你這胖嘟嘟的死雜種，甜美的小渾蛋。」他說。

珠爾

因為他待在外頭，就在那窗口下，為了那副天殺的棺材又敲又鋸。就在她一定能看見他的地方。就在她吸入的每一口氣都能將敲鋸聲響吸進去的地方，在她可以看見他說「看呀」的地方。看呀，我為妳做的棺材多好。我之前叫他去別的地方做。我說老天呀難道你迫不及待看她躺在裡頭嗎。他好像覺得自己年紀還小，好像一聽到她說只要有些肥料就打算養點花，就能拿烤麵包的平底鍋去穀倉裝來一整鍋馬糞一樣。

現在他們其他人坐在那裡，彷彿禿鷹，一邊等一邊替自己搧扇子。因為我之前就說了，就是你們老是鋸老是釘才搞得別人睡不好覺，她兩手都攤在被子上彷彿土裡挖出來的兩條植物的根就算洗也洗不淨。我可以看見那把扇子還有杜葳．戴爾的手臂。我之前就說你們別煩她了吧。這樣又鋸又敲，老讓空氣在她臉上流動那麼快她那麼累根本吸不進去，還有那天殺的扁斧老差一斧。老差一斧。老差一斧就是希望每個人經過都得停下來看看那副棺材，還得稱讚他是位高明木匠。如果從教堂摔下來的人是我不是凱許，如果被一堆木材壓倒受傷的是我不是爸，現在就不會整個郡的混帳都來盯著她看，因為要是上帝存在還真不知祂有啥用處。如果真是如此，現在只會有我和她在高高的山丘上，我會把石子滾下去砸他們的臉，就撿起石子往下丟，瞄準他們的臉和牙齒和一切我的上帝呀就這樣一路鬧到她能清靜為止，而不像現在她只能忍受著還差一斧、還差一斧。真要那樣我們都能清靜了。

達爾

我們一路看著他從轉角過來，走上階梯。他眼神沒對著我們。「你們準備好了?」他問。「如果你已經把車套好的話。」我答。我又說：「等等。」他停步，眼神望向爸。佛爾農吐了口口水，身體沒動。他文明且刻意地瞄準了簷廊底下的沙土凹陷處。爸用雙手緩慢搓揉膝蓋。他正凝望著遠方斷崖頂，凝望著土地彼端。珠爾盯著他瞧了一陣子，接著又到桶子那兒喝水。

「我跟任何人一樣討厭猶豫不決。」爸說。

「這一趟可賺三塊錢。」我說。爸襯衫背部的顏色褪得比其他區塊淺了，但襯衫上沒汗漬。他二十二歲時曾因在大太陽底下工作，病過一次，之後總說若他再流汗會死。我想他是真心這麼相信。

「但她若沒撐到你們回來，」他說：「會很失望的。」

佛爾農向沙土吐口水[4]。但明天天亮前會下雨。

「她指望著這件事呢，」爸說：「她一定會希望立刻動身。我了解她。我向她保證會把車騾在這裡準備好，而她就指望這事呢。」

「我們到時候會需要這三塊錢，絕對需要。」我說。他凝望著土地彼端，用雙手緩慢搓揉膝蓋。自從他沒了牙齒，每次只要沾菸草時，整張嘴就會反覆緩慢地塌陷進去。鬍碴讓他的臉龐下半出現一種老狗的模樣。「你最好趕快下定決心，我們才能趕在天黑前去那裡卸貨。」我說。

「媽沒病那麼重，」珠爾說：「閉嘴啦，達爾。」

「沒錯，」佛爾農說：「今天是她這星期最有精神的一天。等你和珠爾回來，她應該就能起身了。」

「你確實該清楚，」珠爾說：「你來這裡看她的時間夠長。你和你們一家人都是。」佛爾農瞪著他。珠爾的雙眼在血色鮮紅的臉上彷彿淺淡的兩塊木頭。他比我們

---

4 涂爾是因為咀嚼菸草才需要吐口水，目的是避免吞下菸草汁液。

每個人都高上一個頭，始終如此。我總跟大家說，媽就是因此更常打他，也更寵他。因為他在家常生病。那也是為什麼她將他取名為珠爾[5]。

「閉嘴啦，珠爾。」爸說，但彷彿沒仔細聽。他凝望著土地彼端，雙手搓揉膝蓋。

「你可以借佛爾農的車騾，我們再趕上你就好，」我說：「如果她沒等到我們回來。」

「啊，閉上你那天殺的嘴。」珠爾說。

「她會想搭我們自家的車，」爸說。他搓揉膝蓋。「真沒比這更討人厭的事了。」

「有呀，就是躺在那裡，成天盯著凱許敲打那天殺的……」珠爾說。他的語氣很嚴酷、野蠻，但終究沒說出那個詞。就像一名身處暗處的小男孩突然拿出勇氣，卻又因為自己製造出的聲響驚駭地沉默下來。「她想要自家人來做，就像她想搭自家馬車一樣，」爸說：「知道那東西夠好，是自家人做的，她才比較能安息。她一直是個注重隱私的女人。你很清楚。」

「那就讓自家人做吧，」珠爾說：「但你怎麼可能預期——」他看向爸的腦袋後方，雙眼彷彿淺淡的兩塊木頭。

「沒事的，」佛爾農說：「她會撐到一切結束。她會撐到一切準備好，撐到她該走的時候。而且以現在路況來看，把她送進城不花什麼時間。」

「一定會下雨，」爸說：「我是個運氣不好的人。一直都是如此。」他用雙手搓揉膝蓋。「都是那該死的醫生，隨時都可能出現。我很晚才有辦法把話帶到他家。如果他明天來，跟她說大限快到了，她不會願意等，我了解她。無論有沒有馬車，她都不會等。然後她會不開心，我無論如何都不希望她不開心。傑佛森那裡有家族墓園，還有她的血親在等，她一定迫不及待想過去。我保證過了，只要騾子還能走，我和兒子們會儘快把她送去，她也才能安息。」他用雙手搓揉膝蓋。「真沒比這更討人厭的事了。」

「除非我們沒十萬火急把她送到那裡，」珠爾又用了那嚴酷、野蠻的語氣。「況且還有凱許成天在窗口底下又是敲、又是鋸，就為了那個——」

「那是她的心願，」爸說：「你對她沒有感情，也不溫柔。你老是這樣。我們不欠人情，」他說：「我和她都這樣。我們從來沒欠過人情，若她知道是血親為自己鋸

5 珠爾（Jewel）在英文當中有珍寶之意。

木板、釘釘子的話，她更能安息。她向來都是想打理身後事的那種人。」

「這一趟可以賺三塊錢，」我說：「你到底要不要我們去？」爸搓揉他的膝蓋。

「我們明天日落時就會回來了。」

「這樣呀……」爸說。他凝望著土地彼端，頭髮凌亂，嘴巴緩慢地把菸草緊貼住牙齦。

「可以的啦。」珠爾說。他走下階梯。佛爾農仔細把口水吐入沙土。

「好吧，就等到太陽下山，」爸說：「我不想讓她多等。」

珠爾往身後瞄了一眼，接著繼續繞過房子往前走。我走進穿廊[6]，還沒走到門前就聽見交談聲。由於我們的房子稍微沿著山丘往下傾斜，因此總有一抹微風斜斜往上吹過穿廊。若有羽毛落在前門，會被風拂起，沿著天花板摩娑，羽毛本身向後傾斜，直到遇上後門那股往下帶的氣流：聲音的流動也一樣。當你走進穿廊，就彷彿環繞著頭的空氣中有人在向你說話。

6 邦德倫家住的房子有一個直通前後簷廊的走道，有屋頂，但不算室內，此處譯為穿廊。

寇拉

那是我見過最動人的事了。他彷彿確知再也見不到母親，彷彿安斯．邦德倫是把他趕離母親臨終的床榻，不讓他在這個世界再次見到她。我總說達爾跟其他那些孩子不一樣。我總說他是他們當中唯一遺傳了母親天性的人，也是唯一天生擁有情感的人。有情感的不是那個珠爾，那個她從懷胎、襁褓到後來即便寵愛都得如此費心，卻動不動就鬧脾氣或生悶氣，或開一些過火玩笑耍弄她，得要我偶爾找他麻煩才停止的傢伙。來向她道別的也不是他。為了與母親吻別而錯過賺三塊錢機會的人也不是他。他徹頭徹尾是個邦德倫家的人，誰都不愛，什麼都不在乎，只想著如何透過最少的付出得到一些好處。涂爾先生說達爾要求他們再等等。他說達爾幾乎是跪下來，求他們別在母親這種狀況下逼他離開。但說什麼都沒用，安斯和珠爾就是要賺那三塊錢。只要是認識安斯的人都不會指望他有其他表現，但想想那個男孩，那個珠爾，就這麼白白享受多年來母親為他做的自我犧牲，以及十足的偏愛——他們無法誤導我的：涂爾先生說邦德倫太太最不喜歡珠爾，但我比他更清楚真相。我知道她偏愛他，而且正因為安斯·邦德倫跟他個性相像，她仍對他如此忍讓；即便涂爾先生說，應該把這個為了三塊錢而放棄與垂死母親吻別的傢伙毒死。

為什麼最近這三個星期來，我只要有辦法就來，偶爾不該來時也來，甚至疏忽了自己的家庭與應盡責任，就是希望她在最後那段時間，身邊能有個人；就是希望她在面對**偉大的未知**[7]時，身邊能有個熟悉的人給她支持。倒不是說我該為此得到讚賞：是我自己也希望得到這種陪伴。不過感謝上帝，屆時我看到的會是摯愛親人的臉龐，因為我的丈夫及孩子雖然偶爾也讓人傷腦筋，但帶給我的福氣已比大部分人有的還多。

她活著，但是個孤獨的女人，孤獨到只有自尊相伴，還試圖要其他人相信她過著更好的生活，隱藏他們只是在折磨她的事實。就連她在棺材內的屍體還未冷去，他們就要把她送到四十英里外給埋了，分明藐視上帝旨意。他們還不讓她和其他邦德倫家的人葬在一起。

「但，是她要埋去那裡，」涂爾先生說：「是她希望能跟自己家人葬在一起。」

「那她活著的時候為什麼不去？」我說：「他們家一定不會有任何一個人攔她，就連那個年紀最小的，都已經大得能跟其他人一樣自私了，一樣鐵石心腸。」

「那是她自己的願望，」涂爾先生說：「我聽安斯是這樣說。」

「而你當然會相信安斯囉！」我說：「你這樣的男人就會相信。但別指望我。」

「就算他不說實話，也無法從我身上得到任何好處，所以這次我信他。」涂爾先生說。

「別指望我信，」我說：「女人的家是跟丈夫和孩子在一起的，死活都一樣。你覺得我大限已到時，會回到阿拉巴馬，然後丟下你跟女兒，丟下我此生與你同甘共苦，而且至死不渝的誓言嗎？」

「哎呀，每個人不一樣嘛。」他說。

我倒是該希望不一樣。我一直努力在上帝及人們眼中活得正直，為了我基督徒丈

7 原文為 The Great Unknown，可指超自然力量、死亡，也有人引用來指稱上帝為「大而不可知者」。

夫的榮耀與舒適，也為了獲得我基督徒孩子的愛與敬重。我清楚自己的責任及獎賞，基於此前提，當我躺上臨終床榻時，身邊會圍繞著摯愛之人的臉龐，而每個摯愛之人給的道別吻就是我的獎賞。不像愛笛．邦德倫死時孤身一人，只能藏起她的自尊及破碎的心。我將開心離去。她現在躺在那裡，頭斜靠在枕上，就為了緊盯著凱許造那隻棺材，她得緊盯著才能避免他偷工減料，免得就像那些男人什麼都不在乎，他們只在乎能不能在雨落下，河水也高得難以跨越之前，去賺到那另外的三塊錢。如果沒決定送那最後一次貨，他們本來大可以讓她裹著毯子先渡河，接著停下車，讓她有時間以適合基督徒的方式死去。

只有達爾不同。這是我見過最動人的事了。有時我會對人性失去信心，會深受猜疑困擾。但主總是恢復我的信心，向我揭示祂對生靈寬厚的愛。不是透過珠爾，不是那個她總是珍愛的兒子，他在追逐那三塊錢；是透過達爾，是那個人們總說比安斯好不上哪裡去，而且怪異、懶惰，又到處遊蕩的達爾。凱許還算是名好木工，但因為總在建造些什麼而忙不了其他事，珠爾則總在做些能賺點錢，或者能讓自己吹噓的事，至於那個老是衣不蔽體的女孩總站在愛笛身邊拿著扇子，每次只要有人試圖跟愛笛說話、試圖鼓勵她，那女孩就會立刻搶著回答，彷彿要阻止任何人接近她一樣。

是透過達爾啊。他來到門邊，就站在那兒瞧著他垂死的母親。他就只是瞧著，我卻又再次感受到主寬厚的愛，感受到祂的憐憫。我看得出來，她和珠爾相處時都在偽裝，只有跟達爾之間存在著理解及真正的愛。他就只是瞧著，甚至沒打算進來讓她看到，沒打算讓她知道安斯正把他趕離母親的臨終床榻，而且再也沒法看見她，就怕她會難過。他什麼都沒說，就只是瞧著她。

「你想怎樣？達爾？」杜葳．戴爾說話時扇子也沒停，她好快就開口了，簡直連他都不給接近。他沒回話。他只是站在那裡瞧著他垂死的母親，內心滿溢，無從言語。

杜葳・戴爾

我和拉菲是第一次共同採一列棉花。爸不敢流汗，就怕因為之前的怪病從此臥床不起，所以大家都來幫忙。而珠爾什麼都不放心上，他不像我們會付出家人的關愛，就不是會付出關愛的那種家人。凱許喜歡將漫長、悲傷的發黃日子鋸成一塊塊木片，再釘成某種玩意兒。爸因為相信鄰居總會如此守望相助，也因為忙著讓鄰居幫自己的忙，所以不可能發現。我也不認為達爾會發現，坐在晚餐桌前的他眼神越過食物及桌燈，看的全是從他腦殼裡挖出來的土地光景，以及那片土地之外遠方的滿地洞穴。

我們共同採一列棉花，離樹林和隱密的樹蔭愈來愈近，我揹著布囊，拉菲也揹著布囊，我們就這樣一路採進隱密樹蔭。當布囊裝滿一半時，我想說我會這麼做嗎？還是不會？我說到了樹林裡布囊若滿了就這麼做吧，但我的袋子一定不會滿。我說若我不該這麼做，布囊就不會滿，我就會開始採下一列棉花，但若布囊滿了，我就非做不可了。而我們朝向隱密樹蔭採去的時候，我們的視線交會，他的手和我的手彼此觸摸，我沒抗議。然後我說：「你在做什麼？」他說：「我在把棉花採進妳的布囊裡。」所以到了那列尾端，布囊滿了，而我非做不可了。

所以事情就這樣發生了，因為我非做不可了。那次就有了孩子，然後我一見達爾，就知道他已經知道了。他沒透過話語表示他知道了，就像他沒透過話語表示媽快死了，而我知道他知道因為若他透過話語說他知道了我就不會相信他真在那兒看見我們了。不過他表現出確實知道的樣子而我說「你打算告訴爸嗎你打算殺死那個人嗎？」沒透過話語而他問「為什麼？」時也沒透過話語。那就是為什麼我和他開口說話時心裡清楚又心懷恨意因為他知道了。他站在門邊，就這麼瞧著她。「你想怎樣？達爾？」我問。

「她快死了。」他說。涂爾像隻老老的火雞禿鷹一樣，進來就是要等著看她死，但我能騙騙他們。

「她什麼時候會死？」我問。

「在我們回來之前。」他說。

「那你為什麼還帶珠爾一起去？」我說。

「我要他幫我上下貨。」他說。

涂爾

安斯持續搓揉他的膝蓋。他的吊帶褲早已褪色；一邊膝蓋上有片從西裝褲上裁下來的斜紋素色毛料補丁，因為磨損而發出金屬光澤。「沒人比我更討厭這種事了。」他說。

「人偶爾總得事先這麼猜測一下，」我說：「但反正是早晚會發生的事，不傷誰的感情。」

「她一定會想立刻出發，」他說：「就算在最好的情況下，傑佛森也夠遠了。」

「不過路況現在很好。」我說。而且今晚一定會下雨。他的家人就葬在新希望鎮，距離這裡不到三英里。但他這種人呀，就是會跟距離這裡一天辛苦路程的女人結婚，還偏偏比她晚死。

他向外凝望著土地，搓揉他的膝蓋。「沒人像我這麼討厭這種事。」他說。

「他們回來後還會有很多時間準備，」我說：「換作是我才不擔心。」

「這趟可賺三塊錢。」他說。

「說不定他們根本不用趕著回來，完全沒必要，」我說：「我是這麼盼望的。」

「她快死了，」他說：「她心意已決。」說實話，這種生活讓女人很苦。至少對某些女人是如此。我還記得我老媽活到七十多歲。她每天工作，無論晴雨；自從最後一個男孩子出生後就沒生過一天病，直到某天她就是往周遭望一望，找出一件收在箱子裡四十五年，卻從未拿出來穿的一件蕾絲綴飾睡袍，穿上後躺上床，把床罩拉起蓋住身體後閉上眼。「你們大家之後得想辦法好好照顧爸，」她說：「我累了。」

安斯用雙手搓揉他的膝蓋。「賞賜的是耶和華。」他說。我們可以聽見凱許正在另一邊的角落又敲又鋸。

這話倒真實。沒有什麼比這句箴言更真實了。「賞賜的是耶和華。」我說。

那男孩走上山丘，帶著一條幾乎跟他身高一樣長的魚。他把魚扔在地上，低吼：「喝啊！」接著扭頭往後像個男人般吐口水。該死的那魚幾乎要跟他一樣長呀。

「那是什麼？」我問：「一頭野豬？哪抓來的？」

「就是橋那邊。」他說。他把魚翻過來，魚底下溼的部分沾滿沙土，眼睛也被蓋住了，身體在沙土底下拱著。

「你是打算就讓牠躺在這兒嗎？」安斯問。

「我打算拿給媽看。」瓦達曼說。他看向門口。我們可以聽見有人說話，聲音隨著氣流傳過來。凱許還在對著木板又敲又槌。「裡面有客人。」他說。

「只是我的家人，」我說：「他們一定也很想看看這條魚。」

他沒說話，只是盯著門看，接著低頭盯著躺在沙土中的魚。他用腳把魚翻過來，用腳趾戳魚眼突起處又往內挖。安斯凝望著土地彼端。瓦達曼看著安斯的臉，接著又望向門。他轉身，走向房子角落，就算安斯呼喚也沒打算看過來。

「你把魚拿去清理。」安斯說。

瓦達曼停下腳步。「為什麼不能叫杜葳．戴爾清理？」他問。

「你把魚拿去清理。」安斯說。

「唉唷，爸。」瓦達曼回答。

「你把魚拿去清理。」安斯說。他沒看過來。瓦達曼回來撿起魚。那條魚從他雙手滑出，溼沙土全沾到他身上，重重跌落地面後再次黏得一身髒，牠嘴巴開開，雙眼突起，彷彿因為羞於死亡而躲在土裡，彷彿趕著要回去再躲起來一次。瓦達曼咒罵那魚。他像名成年男子一樣咒罵那魚，還雙腳開開站在魚的頭頂上。安斯沒看過來。瓦達曼再次把魚撿起。他繼續繞過房子，搬運那條魚的雙臂彷彿抱滿木柴，而魚的頭尾剛好跟他頭腳重疊。該死的幾乎要跟他一樣長呀。

安斯的手腕空蕩蕩懸在袖子外：我這輩子沒看他穿過一件合身的衣服。他的衣服看起來都像珠爾的舊衣，但其實不是。他的手臂很長，就算考量他的身高仍算很長。只不過不會流汗。你光靠這些特徵就不可能認錯安斯。他的雙眼像是兩塊燒光的炭渣嵌在臉上，凝望著土地彼端。

當陰影碰觸到台階時，他說：「五點了。」

就在我起身時，寇拉來到門邊，說我們該回去了。安斯伸手拿鞋。「好了，邦德倫先生，」寇拉說：「你就別起身了。」他穿上鞋，用力把腳踩進去，就像他做所有事的態度，就像他老希望他可以不用真的做某件事，可以放棄嘗試。我們起身後可以在穿廊聽見那雙鞋子敲響地板，彷彿那是雙鐵鞋。他走向有她在裡面的那扇房門，眨眨眼，有點像在自己看見之前先偷看一眼，彷彿希望發現她已起身，或者坐在椅子上，或者正在掃地，然後他就像之前每次一樣往門內看，也像之前每次一樣驚訝看見她仍躺在床上，而杜葳．戴爾仍在用扇子為她搧風。他站在那裡，彷彿沒打算移動，也沒打算做任何其他些什麼。

「哎呀，我想我們得回去了，」寇拉說：「我還得餵那些雞。」而且一定要下雨了。那樣的雲不會有假，我們還能每天採收棉花，都多虧有主恩賜。不過對他來說又是另一件必須處理的事了，凱許仍在削整那些木板。「要是我們能幫上忙就好了。」寇拉說。

「安斯有需要會告訴我們的。」我說。

安斯沒看我們。他環視四周，眨眨眼，一副驚訝模樣，彷彿已經驚訝到倦怠了，搞得就連驚訝本身都能讓他驚訝。真希望凱許也能如此謹慎地修整我的穀倉。

「我跟安斯說應該不會需要我們幫忙，」我說：「我是這麼盼望的。」

「她的心意已決，」他說：「我想她是走定了。」

「我們總有一天會走，」寇拉說：「就讓主撫慰你。」

「至於那些玉米。」我說。我再次向他強調，要是他人手緊，因為她生病以及其他種種，我可以幫忙。我就像附近大多數人一樣，因為已經幫了他太多忙，現在也沒法不管。

「我本來打算今天處理，」他說：「看來我就是無法對任何事下定決心。」

「或許她會撐到棉花準備採收的階段。」我說。

「若這是上帝的旨意。」他說。

「就讓祂撫慰你。」寇拉說。

真希望凱許也能如此謹慎地修整我的穀倉。他在我們經過時抬頭看了一眼。「別指望我這個星期去幫你整修了。」他說。

「不急，」我說：「你有空再處理。」

我們爬上馬車。寇拉把蛋糕盒放在大腿上。一定是要下雨了，肯定的。

「我不知道他之後該怎麼辦，」寇拉說：「我真是不知道。」

「可憐的安斯，」我說：「她鞭策他工作了三十多年。我想她也是累了。」

「我覺得她還能再鞭策他個三十年，」凱特說：「就算不是她，他也會在開始採收棉花前找來另一個女人。」

「我覺得凱許和達爾也差不多能結婚了。」尤拉說。

「那個可憐的男孩，」寇拉說：「那個可憐的小鬼。」

「那珠爾呢？」凱特問。

「他也差不多了。」尤拉說。

「嗯哼，」凱特說：「我想他會結婚的。我是這麼相信的。我想這附近不只一個女孩不願意看到珠爾定下來。哎呀，她們其實不用擔心。」

「妳何必這樣說呢？凱特！」寇拉說。馬車開始顛簸。「那個可憐的小鬼。」寇拉說。

今晚一定是要下雨了。沒錯，先生。馬車在非常乾燥的天氣才會顛簸成這樣，就連我們高級的伯賽爾牌馬車也不例外。但乾燥的狀況之後一定能解除。這是確定的事實。

「她既然承諾了，就該買下那些蛋糕。」凱特說。

安斯

該死的那條路。而且一定會下雨。我站在這裡就能直接預見，在那條路上，大雨像牆一樣在他們離開後落下，阻止他們實現我向愛笛許下的承諾。我真是盡力了，就像我總在想辦法盡力下定決心，但該死的，我的兒子就讓我動搖。

路就躺在那兒，直直抵達我的門口，所有來來去去的厄運都能找上門來。搬到這裡的時候，我就告訴愛笛，住在路上無法碰上好運，而她說的話，老天爺呀就是個女人會說的話，「那就動身搬家呀。」但我跟她說這麼做也不會帶來好運。因為上帝造路就是為了讓人到處移動：所以才會讓路平鋪在地面。當祂打算讓某個東西一直移動，就會造成平躺的模樣，像是道路、馬匹或馬車，但若祂希望某個東西留在原地不動，祂就會造成直立的模樣，像是樹木或人類。所以祂從來不打算讓人們住在路上，因為那樣會搞不清楚到底是誰先在那裡的？路還是房子？你曾看過祂把道路鋪在一棟房屋底下嗎？我問。不，妳沒見過吧，我說，因為若房子蓋在所有人都能搭乘馬車路過，還能在門口吐口水的地方，裡頭的人根本沒法好好休息；裡頭的人會躁動不安，會想起身去別的地方，但明明祂希望他們像一棵樹或一叢玉米那樣留在原地不動。因為若祂打算要人不停移動，打算要人不停去到其他地方，難道不會把人造成肚子著地的平躺模樣？就像蛇？照理來說祂可以這樣做。

任何潛伏的厄運都能找上這條路，而這條路就直直通向我家門口，結果住在路上的我不停被抽走油水。我必須為了買木匠工具給凱許而付錢，若是沒有路通向我們家，他是不會有機會買到的；接著他從教堂屋頂摔下來，手有六個月都抬不起來；明明很多木匠工作，他要是能工作就能接下，我和愛笛卻還得不停拚命、拚命工作。

達爾的事也是。該死的他們總要我把他趕出去。倒不是說我怕工作；我總能把自己及家人餵飽，讓大家有個足以溫飽的家：而是他們竟然只因他沉浸在自己的世界裡，就想害我少一個人手，而他不過是眼裡無時無刻盯著土地罷了。我跟他們說，他總是盯著土地這事，其實一開始不打緊，因為當時他眼裡的土地是直立模樣；直到那條路來了，把土地變成平躺模樣，而他眼裡仍只有土地，他們才開始要我趕他走，甚至想要訴諸以法[8]，來害我少掉一個人手。

我被迫付錢。她本來一直像其他女性一樣健康硬朗。全是那條路不好。路才剛建好，她就躺在自己床上，什麼都不要了。「妳病了嗎？」我問。

「我沒病。」她說。

「妳就躺著好好休息，」我說：「我一直知道妳沒病。妳只是累了。妳就躺著好好休息。」

「我沒病，」她說：「我一下就起來了。」

「好好躺著休息，」我說：「妳只是累了。可以明天再起來。」而她就躺在那裡，本來一直都像其他女性一樣健康硬朗，全是那條路不好。

「不是我請你來的，」我說：「你得為我擔保，跟她說不是我請你來的。」

「我知道，不是你請的就是了，」皮巴迪說：「我會替你擔保。她在哪裡？」

「她就躺在床上，」我說：「她只是有點累了，但她之後——」

「你先出去，安斯，」他說：「去簷廊待一下。」

而現在我得為此付錢。但我自己嘴裡一顆牙齒也沒，就希望直到大限來之前，還能來得及把這張嘴治一治，才能像個男人一樣吃下上帝賜予的飲食，而她也才能像這片土地上的任何女人一樣健康硬朗。我就是得付錢，才會需要那三塊錢。我就是得付錢，才會需要讓兒子他們離開去賺三塊錢。我站在這裡就能直接預見，大雨像牆一樣阻隔在我們之間，像個該死的男人沿那條路走來，彷彿在這片住滿人的土地上，這雨就沒打算落在任何其他房子上。

我聽過有些男人咒罵自己運氣不好，但他們本來就是罪人，他們罪有應得。但我不會說自己受了詛咒，因為我沒幹過任何該受詛咒的錯事。我不虔誠，這我承認。但我心安理得：我很清楚自己的作為。我幹過一些事，但跟那些假裝沒幹過的人相比，我這人不算更好，但也沒更壞，而且我知道老天爺[9]會照看我，就像照看每一隻跌落的麻雀。但對一個有困難的男人而言，受一條路踐踏的人生似乎也太苛刻了。

8 據推測可能是一九一七年通過的義務徵兵法。住在偏遠地區的人民本來不容易被徵召，但開路之後，受到徵召的機會也就大增。

9 安斯在此處用 Old Marster 稱呼上帝，而此稱呼同時是當時美國南方佃農對地主的稱呼，所以也間接暗示了安斯的階級地位。

瓦達曼從房子另一頭過來，從腳到膝蓋都像殺了一頭野豬般血腥，看來很可能是拿了斧頭去亂砍魚，不然就是把魚亂丟之後打算騙我們是給狗吃了。哎呀，我想我不該指望他能比他那些成年的哥哥好到哪裡去。他走過來，盯著房子看，安安靜靜的，然後坐在階梯上。「呼，」他說：「我累慘了。」

「去把手洗一洗。」我說。但沒有女人比愛笛更盡力使他們舉止像樣，無論男人或男孩都因為她而像樣：這點我得稱讚她。

「那條魚的血和內臟多得跟頭野豬一樣。」他說。但我似乎就是不想費心管好任何事，更何況天氣還正在削弱我的精力。「爸，」他問：「媽病得更重了嗎？」

「去把手洗一洗。」我說。但我似乎就是不想費心去管好這事。

達爾

他這星期進過城了：他脖子後面的頭髮削剪得很短，頭髮跟曬傷的痕跡之間有條白線，就像白骨構成的接縫。他一次都沒回頭看。

「珠爾，」我說。在兩頭騾子快速擺動的兩組耳朵之間，路在我們身後不停如同穿越隧道般消逝於馬車底下，彷彿道路是緞帶，而前車軸是紡織機的線管。「你知道她快死了吧？珠爾？」

你的出生必須仰賴兩個人，但死亡只要一個人就能辦到。世界就是這樣終結的。

我跟杜蕨．戴爾說：「妳想要她死，這樣妳就可以進城了。可不是嗎？」我們都很清楚，但她就是不肯承認。「妳不願承認是因為，一旦承認了，就算只是在心底對自己承認，妳也知道那就是事實了：是這樣吧？但妳很清楚這是事實。我幾乎能判斷妳是哪天意識到這是事實。妳為什麼不肯承認？就連對自己也不肯嗎？」她不會肯承認的。她只是一直問：你會告訴爸嗎？你想要氣死他嗎？「妳簡直無法相信會發生這種事，因為杜葳．戴爾，這位杜葳．戴爾．邦德倫的運氣竟然可以這麼差。可不是嗎？」

太陽再過一小時就要落下，像顆血淋淋的雞蛋擱在雷暴雲頂端；陽光已轉變成銅色：看了感覺不祥，聞了有硫磺味，還帶有閃電的氣息。等皮巴迪來的時候，他們得用上繩子，因為他的大肚子塞滿生菜。他們可以靠著繩子把他拖上路，讓他像氣球一樣飄盪在滿是硫磺味的空氣中。

「珠爾，」我說：「你知道愛笛．邦德倫快死了嗎？你知道她快死了嗎？」

皮巴迪

等安斯終於願意派人找我去時，我說：「他終於把她累垮了。」我說這真是件該死的好事，我一開始甚至不想去，因為說不定去了真有辦法救，那麼老天在上，我還得把她從死裡拖回來。我猜天堂應該跟醫學院一樣，都有那種愚蠢的倫理要顧。這次說不定又是佛爾農．涂爾派人來找我，他做事總這樣，關鍵時刻才出手，想確保安斯花的錢發揮最大效益，因為他也是用同樣態度花自己的錢。不過等我有足夠時間看出變天的徵象，我知道一定是安斯派人來叫我，不可能是別人。我知道在暴風雨即將到來之際，只會有這樣一個運氣不好的傢伙才可能需要醫生。我也清楚，要是安斯終於意識到他得找醫生時，一定表示為時已晚。

當我抵達泉水邊，下車把車騾栓好，太陽已落到一團黑雲之後，那團雲彷彿頭重腳輕的山脈，又彷彿一大批松木被卸下後扔在那兒，而且空氣中沒風。我在一英里外就開始聽見凱許在鋸木頭。安斯站在斷崖頂端，底下就是那條小徑。

「馬呢？」我問。

「珠爾有事，現在不在，」他說：「其他人逮不住牠。我想你得自己走上來了。」

「我體重有兩百二十五磅耶，要我自己走上去嗎？」我問：「走上這道該死的牆嗎？」他站在一棵樹旁。主竟然讓樹擁有扎在地上的根，卻給安斯．邦德倫造了腳和腿，這個錯誤實在令人遺憾了。若祂讓兩者交換，就不用擔心這片鄉村的樹被砍光，而且是任何鄉村都不用愁。「你打算找我來做什麼？」我問：「就待在這裡，直到暴風雨把你捲出這個郡為止？」就算有馬，我也得花上十五分鐘才能跨越這片草原，登上山脊，抵達他的房子。這條小徑就像條彎彎扭扭的手臂筋疲力竭地垂靠在斷崖底下。安斯已經十二年沒進城了。他母親到底是怎麼跑上斷崖懷了他？他又怎麼會是這種母親的兒子？

「瓦達曼去拿繩索來了。」他說。

過了一陣子，瓦達曼拿著一條引導馬匹耕種的執繩。他把一端交給安斯，然後沿著小徑往下走，一邊把卷成一團的繩索放長。

「你抓緊一點，」我說：「我已經把這趟行程寫在帳本上了，所以不管有沒有抵達你那間房子，我都會收你的錢。」

「有抓住了，」安斯說：「你可以上來了。」

該死的我為何不放棄就好？我都已經七十多歲了，體重兩百多磅，還要被一條繩索拖上這座該死的山。我想應該是因為在消除帳本上那五萬呆帳之前，我是不能放棄的。「你老婆到底是什麼意思？」我說：「竟然在這樣一座該死的山上生病？」

「我真的很抱歉。」他說。他放開手，任由繩索落下，然後轉身面向房子。山上還剩一些白日天光，就像硫磺火柴尖端的黃色。那些木板也像一片片固態硫磺。凱許沒轉頭過來看。佛爾農．涂爾說凱許把每片木板都帶到窗邊給她看，讓她確認沒問題。那個男孩趕上我們，安斯回頭看他。「繩索呢？」他問。

「就留在你扔下的地方，」我說：「但別管繩索了。我還得趕著回到斷崖底下呢。我可不想在山上這邊被暴風雨逮住。若真給逮住了，我可會被吹得該死的遠。」

那女孩就站在床邊，為她搧風。我們進房時，她轉頭望向我們。她這十天來已經算是死了。我猜有部分原因是長久以來，就算真有改變的可能，她卻始終沒有改變安斯。我還記得自己年輕時曾相信死亡是生理現象；現在我知道了，死亡只是一種心靈作用，是一個人受悲慟情緒折磨時出現的心靈作用。虛無者說死亡是終點，基本教義派說死亡是開端；但事實上，死亡只不過是租客搬離租屋處，或是一個家庭搬離城鎮。

她看著我們。似乎只有眼珠子轉了一下。她的眼珠子似乎碰觸到我們，不是透過視線或感知，而是像水管的水流噴到你身上，而那道水流在撞擊瞬間就與噴嘴分離開來，彷彿從未出現過一樣。她完全沒看安斯。她看我，然後看那個男孩。她在那條毯子下的身體不過像綑腐敗的枝條。

「哎呀，愛笛小姐，」我說。那女孩沒停止搧風。「妳還好嗎？我的姊妹？」我問。她的頭憔悴地躺在枕上，眼睛看著那男孩。「妳還真是挑了個好時機把我找上來，還召來了暴風雨呢。」接著我要安斯和男孩出去。她一路望著男孩走出房間，除了雙眼之外完全沒動。

我從房間出來時，他和安斯就在簷廊上。男孩坐在階梯上，安斯站在一根柱子旁，但完全沒靠上柱子，他的雙臂垂落，頭髮往後梳得很緊，整顆頭像被除蚤過後的公雞。他轉頭看我時眨了眨眼。

「你為什麼不早點找我來？」我問。

「總有事情一件接著一件來，」他說：「我有玉米要顧，兒子們打算幫我趕上工作進度，而且杜葳．戴爾把她照顧得很好，還有人們來來去去，說要幫忙之類的，然後我只是想……」

「去他的錢，」我說：「若客戶沒錢可付，你聽過我去找麻煩嗎？」

「我不是在意錢的事，」他說：「我只是一直在想……她要離開我們了，是吧？」那個該死的小鬼頭就坐在階梯最頂端，他在硫磺色光線中看起來史無前例地弱小。這就是我們這鄉下的問題之一：一切都拖太久了，天氣跟其他一切都一樣。就像我們的河流，我們的土地：難懂、緩慢，又暴力；於是塑造、創造出這種不讓步又老在沉思的**自我中心**的男人。「我就是知道，」安斯說：「我一直非常確定。她已經決心要死了。」

「還是件該死的好事呢，」我說：「反正有這麼一個不可靠的——」他坐在階梯最頂端，弱小，一動也不動，身上穿著褪色吊帶褲。我從房間走出來時，他先看了我，然後看了安斯。但現在他不再看我們了。他就只是坐在那兒。

「你跟她說了嗎？」安斯問。

「有什麼好說的？」我說：「說了到底又有什麼意義？」

「她總歸會知道的。我知道她一看到你就明白了，根本就寫在你臉上。你根本不用親口告訴她。她心意——」

那女孩在我們身後開口了，「老爸。」我看著她，看著她的臉。

「你最好趕快過去吧。」我說。

我們進入房間時，她正盯著門口。她看著我。她的眼睛像即將燒完油的燈般燦亮起來。「她希望你離開。」女孩說。

「是這樣的，愛笛，」安斯說：「他大老遠從傑佛森來，就是要讓妳好起來呀？」她一直注視著我：我可以感覺到她的眼神，彷彿她是要藉此把我推出去。我曾在其他女人臉上看過這種眼神。看過她們用這種眼神趕走對她們同情、憐憫，且真正想伸出援手的人，反而死守著對她們而言不過是運貨牲口、而且根本不可靠的動物。她們藉此表現出超越理解的愛：正是因為那樣的自尊及張揚欲望，我們會想掩藏難堪的赤裸樣貌，但明明我們總是這樣赤裸地進入產房，再頑固、憤怒地以赤裸之身入土。我離開房間。在簷廊的另一邊，凱許的鋸子穩定地將木板割出聲響。一分鐘後她喚了他的名字，聲音嚴厲又有力。

「凱許，」她說：「叫你呀！凱許！」

達爾

爸站在床邊。瓦達曼在他腿後窺看；他的頭圓滾滾，雙眼圓滾滾，看著看著嘴巴也逐漸張開。她看著爸，逐漸衰退的生命力從她眼中流失，迅速而無從挽回。「她想找的是珠爾。」杜葳．戴爾說。

「搞什麼呢，愛笛，」爸說：「他和達爾又去送貨了。他們以為還有時間，以為妳會等他們回來，還有希望能賺那三塊錢之類的……」他彎腰把手放在她身上。有那麼一陣子，她就這麼看著他，沒有責備的意思，什麼意思都沒有，彷彿光靠雙眼聆聽著他語氣中，那種帶有難以挽回意味的中斷。接著她撐起身體，那具已經十天沒動的身體。杜葳．戴爾傾身向前，嘗試把她壓回床上。「媽，」她說：「媽。」

她正看向窗外，看著凱許在逐漸衰退的天光中彎腰穩定處理木板，在黑暗降臨之際持續努力工作，彷彿鋸子光靠碰撞木板，就能擦出足以點亮自身動態的火光。「叫你呀，凱許，」她大吼，聲音有力，跟健康時相比沒一絲減損。「叫你呀，凱許！」

他在暮色中抬頭，看著被窗戶裱框的那張憔悴臉龐。那是他自孩提所有時光複合而成的一張畫。他丟下鋸子，舉起板子給她瞧，看著那張在窗框中一動也不動的臉龐。他又拖了第二塊木板過來，就好定位，然後把兩片板子以正確角度組合成最終狀態，接著揮手指向那些還散落地面的木板，沒拿東西的那隻手揮舞，示意棺材完成的模樣。有那麼一陣子，她仍由那張複合畫面往下盯著他，不是要審查或讚許的樣子。接著那張臉消失了。

她躺回床上，轉頭時眼神幾乎沒望向爸。她看著瓦達曼；她的雙眼中突然湧現生氣；兩道火光有那麼一瞬間就這麼燃起。接著火光消失，彷彿有人傾身將其吹熄。

「媽，」杜葳．戴爾說：「媽！」她曲身向床，雙手稍微抬高，扇子仍像之前十天一樣搧動著，然後她開始嚎哭。她的嗓子有力、年輕、顫抖又清晰，有點沉醉於自己獨特音質及音量的意味，而那把扇子仍穩定上下搧動，颯颯送出無用氣流。接著她整個人撲向愛笛．邦德倫的膝蓋，緊抱住她，用年輕人的狂亂精力搖晃她，然後撲向愛笛．邦德倫留下的那把爛骨頭，震得整張床墊內的乾燥玉米殼發出嚓嚓碎響。她的兩隻雙臂往外展開，而其中一隻手上的扇子仍將吐出的氣息拍送至毯子中。

瓦達曼在爸的腿後窺看，他的嘴巴已經完全打開，臉上血色全流失注入嘴裡，彷彿透過某種方式用牙齒咬了自己，而且正在吸自己的血。他開始緩慢地從床邊後退，眼睛張得圓滾滾，那張蒼白的臉逐漸褪入暮色，彷彿一張紙黏貼於一道正在塌毀的牆面，然後就這麼跑個老遠。

爸在暮色中曲身向床，他駝背的剪影就像隻羽毛扭曲但形象睿智的貓頭鷹，在他那不滿的惱怒情緒中，潛伏著一種太過於深奧或內斂，因而幾乎算不上思想的一種智慧。「該死的我的兒子。」他說。

珠爾，我說。我們頭上灰沉沉的天空水平流動著，彷彿一整批灰色長矛飛去擋住了太陽。騾子在雨中噴出一點鼻息，蹄下噴濺出黃泥水，較遠的那頭騾子在邊溝旁的腳一直往下滑，但仍努力想要站穩。歪斜的木材發出灰鈍黃光，因為浸滿雨水重得像鉛，接著沿輪子壞掉的那一側，木材以極歪斜的角度落入溝裡；從壞掉的輪輻及珠爾的兩隻腳踝附近，出現一道不是水也不是土在打旋的黃色細流，這細流沿著不是土也不是水的黃色道路蜿蜒往下，流下山丘，溶解入不是土也不是天空的暗綠洪流。珠爾，我說。

凱許來到門邊，手裡拿著鋸子。爸站在床邊，駝著背，雙臂垂落。他轉頭，側身剪影看來憔悴，下巴為了努力將菸草緊貼牙齦而緩慢塌陷進去。

「她離開我們了。」凱許說。

「她給帶走了，離開我們了。」爸說。凱許沒看他。「你快完成了嗎？」爸問。凱許沒回話。他走進房內，手裡還拿著鋸子。「我想你最好趕快完成，」爸說：「你得獨自盡快趕工了，另外兩個孩子又離我們大老遠的。」凱許垂低眼神看著她的臉，完全沒聽爸說話。他沒走到床邊，才走到一半就停下，鋸子就這麼靠在他的腿邊，汗溼的雙臂上頭沾了一層薄薄的鋸木屑，表情非常鎮定。「如果你缺人手，說不定明天能有人來幫你的忙，」爸說：「佛爾農就可以。」凱許沒在聽。他正垂眼看著她平靜、僵硬的臉龐逐漸褪入暮色，彷彿那片黑暗正是終極淨土的先遣者，直到最後那張臉似乎離地飄浮起來，如同一片死葉倒影般輕盈。「這裡有足夠的基督徒能幫你的忙。」爸說。凱許沒在聽。過了一陣子，他轉身，沒看爸一眼就離開房間。接著鋸子切割聲再次響起。「他們會幫助我們走過哀傷。」爸說。

鋸木聲聽來穩定、稱職且不疾不徐，就連那垂死的生命之光都受到擾動，以至於每聲似乎都讓她的臉清醒一些，讓她的表情如同正在聆聽、正在等待，彷彿她正數算著鋸木聲。爸垂眼看著她的臉，看著杜葳．戴爾散亂的黑髮和攤開的雙臂，那把被她緊抓的扇子現在沒有動靜，就擱在褪色的毯子上。「我想妳最好開始準備晚餐。」他說。

杜葳．戴爾沒動。

「現在就給我起來準備晚餐，」爸說：「我們得維持體力。我想皮巴迪醫生也很餓了，畢竟他大老遠趕來。而凱許也得快點吃些東西回去，才可能來得及完工。」

杜葳．戴爾爬起來，勉力站直身子。她垂眼看著她的臉。枕上放的彷彿是座褪色的銅製鑄像，只有雙手還帶有一點類似生命的氣息：那是一種扭曲、長滿結瘤的無能為力；由於困乏、疲累及勤苦的氣息尚未遠離，因而留下一種耗竭卻又警覺的質地，彷彿那雙手還在懷疑是否真能休息，因此豎起犄角、可憐兮兮地警醒著，就因為清楚這種中斷絕對只是暫時的。

杜葳．戴爾彎腰，將毯子從那雙手底下拉出來，接著拉起毯子蓋住那雙手，再一路蓋到愛笛的下巴，她將毯子往下理平，東拉西扯後確認整平，接著沒看爸一眼，直接繞過床鋪離開房間。

她會走到皮巴迪醫生那邊，她站在薄暮中用那樣的神情盯著他的背影，他感覺到了，轉過身來，然後說：我現在不會為她的死難過了。她已經老了，更何況又生病。她受的苦比我們之前理解的還多。她不可能好起來了。瓦達曼也大了，妳又把他們照顧得那麼好。我會試著不為她的死難過。我想妳最好去準備晚餐，不用準備太多，但他們會需要吃點食物，而她盯著他，說：如果你願意的話，可以為我做的事可多了。但願你能理解。我是我而你是你，我很清楚但你卻不清楚，如果你願意的話可以為我做的事可多了，而你如果願意的話我就能告訴你了，而且其他人不用知道只有你和我和達爾知道。

爸站在床邊，雙臂垂落，他駝著背，身體動也不動。他抬起手清理頭髮，一邊聽著鋸木聲。他靠床近了一些，把他的手靠在大腿上擦了擦，手心和手背都擦過，然後把手放到她臉上，以及毯子因為她的雙手而隆起之處。他跟杜葳．戴爾一樣摸了摸毯子，試著將毯子一路理平至她的下巴，卻反而搞皺了。他試圖再理一次，姿態笨拙，手像爪子一樣不靈活，雖然想撫平剛弄出的皺褶，卻反而在各處製造出更多皺褶，所以最後他不再堅持，手垂落身側，再次就著大腿拍擦了手心和手背。鋸子切割的聲響穩定傳入房內。爸呼出一陣細小但刺耳的鼻息，嘴巴將菸草緊貼上牙齦。「上帝的旨意將受到奉行，」他說：「現在我可以裝牙齒了。」

珠爾的帽子軟趴趴地垂掛在脖子上，水因此沿著帽子浸溼他掛在肩上的粗麻布袋，水流湍急的邊溝也已淹到他腳踝那麼高，他拿了一根兩英寸寬、四英寸長的木棍，再以一根爛壞的木材作支點，試圖把輪軸撐起來。珠爾，我對他說，她死了呀。愛笛．邦德倫死了。

瓦達曼

然後我開始跑。我跑到屋後，來到簷廊邊才停下。然後我開始哭。我可以辨認出魚之前大概放在沙土地上的哪裡。那條魚被大卸八塊，現在已經不算條魚了，在我手上及吊帶褲上的也不算血了。之前不是這樣的。當時還沒出事呀。而現在她拿著魚已經在前方跑得老遠，我根本追不上。

那些樹的模樣像大熱天裡在冰涼沙土中磨蹭羽毛的雞。如果我跳下簷廊，就可以踩在剛剛擱了魚的所在，而那條魚現在已經被砍得不算一條魚了。我可以聽見床，聽見她的臉，聽見他們所有人，我可以聽見地板在他行走時的震動，聽到他搞出了那樁好事。真是搞出了樁好事，她本來好好的，他非得搞出那樁好事。

「那婊子養的肥豬。」

我跳下簷廊，跑了起來。我蹲下，穀倉屋頂於是在暮色中猛然竄高，如果我跳起，就能像馬戲團裡那位粉紅淑女一樣直接躍入穀倉內那片溫暖氣味，無需等待。我的手抓住樹叢；腳下的石頭和泥土都被踩得我喀啦喀啦響。

接著我走入那片溫暖氣味，才終於又能呼吸。我進入廄位，試圖抓住那匹馬，因為要觸摸到牠我才有辦法哭，才有辦法像嘔吐一樣狂哭出來。只要牠搞懂了，踢我就行了，我就能哭了，哭就是可行的了。

「是皮巴迪害死了她。是他害死了她。」

牠的生命力在皮膚底下流竄，在我手下流竄，還流竄過牠身上所有斑點，還帶領牠往上嗅聞我的鼻子，我一陣作嘔後開始哭，如同嘔吐般開始狂哭，接著終於能呼吸，同時又嘔吐般狂哭。我哭得吵死人了。我可以聞到牠的生命力從我手下開始往上流竄，沿著雙臂向上，接著我終於有辦法離開那個廄位。

我找不到那東西。在黑暗中，沿著沙土地，沿著牆壁，我就是找不到。哭聲吵死人了。我真希望自己沒吵成那樣。然後我在馬車棚找到了，就在沙土地上，接著我跑過整片院子走上道路，而找到的棍子就在我肩頭上彈跳著。

牠們看著我往牠們跑去，於是開始扯著身子往後躲，牠們的眼珠子轉動，鼻子大力吐氣，扯著韁繩往後拖。我揮打棍子。我可以聽見棍子打出的聲響；我可以看見棍子打到牠們的頭，打到套在牠們胸口的車軛，有時牠們往後逃竄，我什麼也沒打著，但我很開心。

「是你害死了我老媽！」

棍子斷了，牠們繼續往後退，鼻子用力吐著鼻息，雙腳大力踩踏地面；聲響之所以這麼大，是因為快下雨了，但空氣又仍未被雨佔據。不過剩下的棍子夠長。我東跑西跑，追著往後扯著韁繩逃竄的牠們，繼續打。

「你害死了她！」

我打牠們，打個不停。牠們突然奔逃了好長一段距離，但其中兩個車輪彷彿死釘在地上，於是整台馬車旋轉起來，兩匹馬則像後腳給釘在一座轉盤中央。

我在沙土地上奔跑。我什麼都看不到，只是繼續跑在被踩得陷落的沙土上，而那台馬車就以兩輪拖地，斜斜地消失在遠方。我繼續揮打，棍子打到地面後彈起，我又打在沙土上，又在空中揮打，而沙土在我腳下沿路陷落的速度，比有台汽車走在上頭還快。然後我可以好好哭了，我望著那根棍子。那根棍子已經斷到只剩手握的部分，甚至不比一片爐柴要長。我把棍子扔了，我可以哭了。現在我的哭聲沒那麼吵了。

那頭乳牛就站在穀倉門口，嘴裡嚼著草料。牠看到我走進院子空地時哞哞叫了起來，嘴巴裡翻攪著綠色的草，舌頭也在翻攪。

「我沒打算為你擠奶。我沒打算為他們幹任何活。」

我經過時聽到牠轉身。我一轉身，牠就在我身後，我能感覺到牠甜美、溫熱又有力的鼻息。

「不是說沒要擠奶嗎？」

牠輕撞我，鼻子在我身上嗅聞，從體內深處悶哼，嘴巴緊閉。我高舉起手，像珠爾一樣咒罵牠。

「滾，立刻滾。」

我彎腰把手貼在地面，接著朝牠跑去。牠往後跳了一步，轉開身子後停住，盯著我瞧。牠又悶哼，然後走到小徑上待著，逕自朝著小徑上方望去。

穀倉陰暗、溫暖、充滿氣味，而且安靜。我可以在此望著山丘頂端，安靜地哭。

凱許來到山丘，因為曾從教堂跌下來而走得一瘸一拐。他往下望著泉水，接著抬頭看向道路，回頭又看向穀倉。他肢體僵硬沿著小徑走，看了一下道路沙土上被拉壞的韁繩，接著又沿路往回走，走向沒有沙土的那端。

「我希望他們現在已經完全跑過涂爾家那帶了。真心這麼希望。」

凱許轉身，一瘸一拐地沿著小徑往回走。

「該死的那傢伙。我給牠好看了。該死的那傢伙。」

我現在沒哭了。我什麼都沒在做。杜葳・戴爾走上山丘來叫我。瓦達曼！我什麼都沒在做了。我很安靜。叫你呀，瓦達曼！我現在可以安靜地哭，可以感覺並聽到自己眼淚落下。

「之前不是這樣的。當時還沒出事呀。後來魚就躺在那邊地上。而現在她準備好要拿來煮了。」

天色暗了。我可以在一片靜默中聽見樹林的聲響。我認得那些聲響，但不是生物製造出的聲響，甚至不是那匹馬在發出聲響。彷彿是夜色消解了牠的形體，只留一連串無關且散落的元素，包括鼻息及跺步；只留一些逐漸冰冷的肉體及散發尿味的毛髮；剩下一種由斑點皮膚及強壯骨架組合成協調整體的幻覺，但其實內裡讓人感到疏離、神祕卻又熟悉，這種存在跟我的存在完全不同。我看到牠逐漸消失的腿、一隻滾動的眼珠子，還有一個浮誇的斑點像冷火一樣漂浮在逐漸褪色、消散的夜色中；一切皆為一體但又沒一個元素契合；全部元素都契合卻又組成空無。我能看見牠了，因為聽到有喧騰朝牠而去，輕撫牠、形塑出牠堅實的形體——距毛[10]、臀部、肩膀和頭；也因為氣味及聲響。我並不害怕。

「已經煮來吃了，已經煮來吃了。」

10 馬蹄後上方的叢毛。

杜葳・戴爾

如果他願意的話，能為我做的事可多了。他能為我處理一切。對我來說，世界的一切彷彿是個塞滿內臟的盆，你懷疑怎麼可能還有空間容納其他重要事物。他是一個塞滿臟器的大盆子，而我是一個塞滿臟器的小盆子，如果就連塞滿臟器的大盆子都沒空間容納其他重要事物，那塞滿臟器的小盆子怎麼可能還有空間。不過我清楚它就在那兒了。因為若有糟糕事發生，上帝會給女人信號[11]。

都是因為我太孤單了。如果我能感受到它的存在，情況就不同了，因為我將不再孤單。但若我不再孤單，所有人都會發現這事。而他能為我做的事可多了，我也就不必再孤軍奮鬥。接著我就算孤單也沒關係了。

11 這裡是指月經停止了。

我會允許他介入我跟拉菲之間，就像達爾介入我跟拉菲之間一樣，因此拉菲也變孤單了。他是他而我是我。當母親死掉時，我得先不想這事，得先把自己、拉菲和達爾知道的事放在一邊才能哀傷，因為他能為我做的事可多了，但他根本不知道。他甚至不知道有這事發生。

我從後廊無法看到穀倉。接著凱許的鋸木聲從那個方向傳來。彷彿一隻狗在屋外來回繞著房子跑，途中經過每扇門都等著想進屋去。他說：我比妳擔心這事，我說：你根本不知道擔心是怎麼一回事，所以我也不該擔心。我試過了，但因為無法想得長遠也擔心不起來。

我點亮廚房的燈。那條被大卸八塊的魚正在煎鍋上默默淌血。我把魚快速丟進櫥櫃中，仔細聆聽穿廊動靜。她花了十天才死；說不定她不知道自己快死了。說不定她本來打算等到凱許來。或者說不定打算等到珠爾來。我從櫥櫃拿出一盤蔬菜，又從冷爐子上拿了麵包鍋，然後停止動作，望向門口。

「瓦達曼在哪？」凱許問。他沾滿鋸木屑的雙臂在燈光下看起來就像一整簇沙子。

「不知道。沒看到他。」

「皮巴迪的車馬跑了。看你有沒有辦法找到瓦達曼。他的馬願意給瓦達曼抓。」

「這樣呀。叫他們來吃晚餐。」

我看不見穀倉。我說，我不知道如何擔心。我不知道該如何哭。我試過了，但沒辦法。過了一陣子，鋸木聲又出現了，沿著灰土暗色的地面陰暗襲來。接著我能看見他了，他的身體就著木板邊上垂直晃動。

「你們來吃晚餐吧，」我說：「叫皮巴迪也來吃。」他可以為我做的事可多了，但他卻不知道。他只能裝下他的內臟，我也只能裝下我的內臟，更何況我現在還裝了拉菲的內臟。事情就是這樣。我不懂他為什麼不留在城裡就好。我們是鄉下人，不像城裡人那麼高檔。我不懂他為什麼不留在城裡。接著我能看清穀倉屋頂。乳牛站在小徑盡頭哞叫。等我把眼神移回來時，凱許不見了。

我拿了白脫牛奶進屋。爸和凱許和他坐在餐桌邊。

「小傢伙抓來的那條大魚呢，好姊妹？」他問。

我把牛奶放在桌上。「沒時間煮那條魚。」

「光吃蕪菁菜對我這樣大塊頭的男人來說實在少得有點可憐。」他說。凱許已經吃起來了。他頭上被帽子壓出的痕跡因為汗水而凹陷，襯衣也滿是汗漬。他完全沒洗手和手臂就來吃了。

「妳該花點時間好好煮才對，」爸說：「瓦達曼呢？」

我走向門口。「找不到他。」

「來坐吧，好姊妹，」他說：「別在意那條魚了。我想就先留著吧。來這邊坐下。」

「我沒在意那條魚，」我說：「我是要在下雨前擠點奶。」

爸自己揀了菜吃，再把那道菜推回原位，卻沒開始吃。他的雙手半握在盤子兩側，頭稍微往下低，扭曲髮絲在燈光下豎起。他看起來就像小牛剛被大木槌打過，早已沒了生命，卻還不知道自己死了。

不過凱許已經在吃了，他也在吃。「你最好吃點東西，」他說。他盯著爸看。「就像凱許跟我一樣。你會需要食物帶來的精力。」

「唉，」爸說。他突然清醒過來，就像原本跪在湖中的小牛突然被衝過來的人驚動。「她不會在意我好好吃一頓的。」

等房子裡的人看不到我之後，我加快腳步。乳牛在斷崖底邊哞叫。牠蹭蹭我，嗅聞我，甜美、溫熱的鼻息飄送入我的洋裝，碰觸到我溫熱的赤裸，然後牠發出悶哼。「你得等一下。之後我就會來照料你了。」牠跟著我走進穀倉，我在那兒把桶子放下。牠對著桶子內吐氣，又發出悶哼。「我說過啦，你就是得等一下，好嗎。我手頭要照料的事多到忙不過來了。」穀倉內很暗。當我經過時，馬又踢了牆面一下。我繼續走。那片殘破的木板似乎是一端靠在地上的淺色木板。接著我能看到山丘的斜坡，感覺臉上的空氣再次開始流動，緩慢、蒼白，不再那麼陰暗，但又看不明白，因為松樹叢一塊塊擋住了傾斜坡面上的光景，讓人感覺神祕，彷彿正在等待些什麼。

門邊的乳牛剪影蹭了蹭桶子的剪影，牠發出悶哼。

然後我經過廄位。我幾乎要走過去了，我聽到有東西好長一段時間不停說些什麼，最後才說出那個詞，而聆聽時我好怕或許終究來不及說出口。我感覺到我的身體、我的骨頭和肉體開始因為面臨孤單而瓦解、敞開，而那個讓人不再孤單的過程卻又那麼駭人。拉菲。拉菲。「拉菲」拉菲。拉菲。我稍微往前傾身，單腳往前死氣沉沉地走著。我感覺那片黑暗沖刷過我的乳房、沖刷過乳牛；我開始衝向那片黑暗，但乳牛阻止了我，而那片黑暗沖刷過牠悶哼鼻息的甜美氣流，裡頭充滿木頭及沉默的氣味。

「瓦達曼。叫你呀，瓦達曼。」

他從廄位走出來。「你這該死的小滑頭！你這該死的小滑頭！」

他沒抵抗；那片陰暗的最後一部分嘶嘶竄走了。

「幹麼呀？我什麼都沒做呀。」

「你這該死的小滑頭！」我用雙手搖晃他，猛力搖。或許我的手有點失控了。我不知道我的手會搖得那麼大力。這雙手同時撼動了我們兩人，真的是搖不停。

「不是我搞的，」他說：「我根本沒去動牠們。」

我的雙手不再搖晃他，但仍抓著他。「你在這裡做啥？我叫你時為啥不回話？」

「我什麼都沒幹。」

「你給我進屋內，吃你的晚餐。」

他想退開身體。我還是抓著他。「妳走開啦。別管我。」

「你留這邊要做啥？你來這裡不就是為了抓我小辮子嗎？」

「才不是。才不是。妳走開啦。我根本不知道妳在這裡。別管我。」

我抓住他，彎腰看他的臉，用眼睛仔細檢查。他快哭出來了。「進屋去吧。我把晚餐送上桌了，一擠完奶就會過去。你最好在他把所有食物吃光前趕快回去。我希望醫生的車馬已經自己跑回傑佛森去了。」

「是他害死了她。」他說，然後開始哭。

「噓。」

「她從沒傷害過他，他卻跑來這裡害死她。」

「噓。」他掙扎起來。我抓緊他。「噓。」

「他害死了她。」乳牛來到他們身後，牠悶哼。我再次搖晃他。

「你現在就給我停止胡鬧。立刻停止。你這樣一定會害自己鬧病，到時候就不能進城了。你給我進屋去，吃你的晚餐。」

「我不要吃晚餐。我不要進城。」

「那我們就把你一個人丟在這裡。你要是不乖一點，我們就把你丟下。去吧，立刻去，別讓那個一肚子內臟又愛吃蔬菜的老傢伙把你所有食物都吃光。」他走了，身影逐漸消失在山丘後方。天空上貼著月彎、樹林，和屋子的尖頂。乳牛蹭我，牠悶哼。「你就是得等一下。你肚子裡的跟我肚子裡的問題完全不同，雖然你也是個母的。」牠跟著我，牠悶哼。接著那道死氣沉沉、溫熱，又蒼白的氣流再次拂上我的臉。他可以將事情導回正軌，真希望他願意。而他甚至不知道有這事。若是能讓他知道了，他能為我處理一切。乳牛的鼻息噴在我的屁股和背部，牠的鼻息溫暖、甜美，如同陣陣鼾響，牠悶哼。天空平躺在斜坡上，就靠在神祕的樹叢堆上。山丘後方的大片閃電直沖上天後又退去。在距離能看到死氣沉沉的大地形貌更遠的所在，死氣沉沉的空氣在一片死氣沉沉的黑暗中形塑出死去沉沉的大地。那空氣死氣沉沉而溫暖地貼在我身上，穿過衣服碰觸我的赤裸。我說：你不懂什麼是擔心。我不知道那算什麼。我不知道我擔不擔心。或者我可不可以擔心。我不知道我能不能哭。我不知道我究竟算試過了沒。我覺得自己像顆潮溼的種子，正在溫熱且無人知曉的大地上探索極限。

瓦達曼

當他們完成棺材後，就打算把她放進去，接著我有很長一段時間說不出話來。我看到黑暗站起來後旋身而去，我說「你真要把她釘死在棺材裡頭嗎？凱許？凱許？凱許？」我被困在玉米倉裡了玉米倉新造的門對我來說太重，我被困住無法呼吸因為有老鼠把所有空氣都吸光了。我說：「你真的要把棺材釘死嗎？凱許？釘死？釘死？」

爸走了過來。他的影子也走了過來，影子掃過正拿著鋸子上下晃動的凱許，掃過如同正在淌血的木板。

杜薉．戴爾說我們到時候可以買些香蕉。那台小火車就在櫥窗玻璃後方，在軌道上紅亮亮的，運行於軌道時閃出明滅光影。爸說因為麵粉和糖和咖啡太花錢了。因為我只是個鄉下男孩吧，因為其他男孩都在城裡。他們有腳踏車。為什麼當一個男孩住在鄉下，麵粉、糖和咖啡就會是太花錢的東西呢？「難道吃香蕉不是更好嗎？」香蕉沒了，就這麼給吃掉了。沒了。小火車在軌道上運行時再次閃出光芒。「為什麼我不是城裡的男孩呢？爸？」我問。上帝造了我。我可沒要上帝把我造在鄉下呀。如果祂能造出小火車，為什麼不能為了麵粉和糖和咖啡把我造在城裡呢？「吃香蕉不是更好嗎？」

他走了過來。他的影子也走了過來。

那不是她。我就在現場看。我懂了。我以為那是她，但其實不是。那不是我的母親。她離家了，躺在她床上蓋著毯子的是其他人。她離家了。「她跑去城裡那麼遠的地方了嗎？」「她去了比城裡更遠的地方。」「那些兔子和負鼠都是去了比城裡更遠的地方嗎？」上帝造了兔子和負鼠。祂還造了小火車。而如果她就跟兔子一樣，祂有什麼必要讓兔子去不一樣的地方？

爸走了過來，他的影子也一樣。鋸子聽起來像是睡著了。如果凱許把棺材釘起來，代表她不是一隻兔子。而如果她不是一隻兔子，我在玉米倉裡無法呼吸，凱許就會把棺材釘起來。但如果她任由他這麼做，那躺在裡頭的就不是她。我很清楚。我就在現場。我懂了，那不是她。我懂了。但他們認定那是她，而凱許就要把棺材釘起來了。

當時躺在那裡的不是她，因為魚躺在另一邊的沙土地上。而現在那條魚已被剁爛。是我把魚剁爛。魚就躺在廚房裡，躺在煎鍋裡淌血，等著給人烹煮後吃掉。我當時感覺牠不存在，她存在，而現在牠存在，我卻感覺不到她之前存在。明天魚會被烹煮後吃掉，她會變成他和爸和凱許和杜葳・戴爾，所以棺材裡什麼都不會有，所以她就能呼吸了。魚就躺在另一邊的地上。我可以找佛爾農來作證。他當時在場，他看到了，既然有我們兩人目睹，牠將存在接著不復存在。

涂爾

接近午夜了，他叫醒我們時，雨已經開始下。這是個令人猜疑不安的夜晚，暴風雨正在醞釀；任何人想辦法把牲口餵完、回到屋內吃完晚餐，接著在雨落下之際上床之前，都得小心所有可能發生的意外；當看到皮巴迪的馬滿身汗沫出現，身後拖著壞掉的馬具，頸部車軛垂掛在這對狀況不對勁的畜生腿間，寇拉立刻說了，「是愛笛·邦德倫。她終究還是走了。」

「皮巴迪可能是去這一帶十幾戶家庭中的任何一家，」我說：「更何況，妳怎麼知道那是皮巴迪的車馬？」

「哎呀，難道不是嗎？」她說：「快去把馬車栓好，立刻去。」

「有什麼意義？」我說：「如果她已經走了，我們在天亮前也幫不上什麼忙。更何況暴風雨一定會來。」

「這是我應盡的責任，」她說：「你把車騾準備好就是。」

但我不願意。「他們若需要我們幫忙，會派人來通知，這是理所當然的事。妳甚至不確定她死了沒。」

「搞什麼，難道你認不出皮巴迪的車馬嗎？你敢說那不是嗎？好了，去吧。」但我不願意。我已經發現，當有人需要幫忙時，最好就是等他們派人來要求再出手。

「這是我身為基督徒的責任，」寇拉說：「你難道要阻礙我履行身為基督徒的責任嗎？」

「妳若真想要，明天整天待在那裡都行。」我說。

等寇拉把我叫醒時，雨已經開始下。我提著燈走向門口，那人透過玻璃明明能看見我走過去，卻還是不停敲門。聲音不大，卻穩定敲個不停，彷彿他能直接這樣大力敲到睡著，不過我在走到門口的過程中，始終沒在意那敲門聲有多大，直到我打開門，竟發現外頭什麼都沒有。我把燈舉高，雨水在燈上閃閃發光。寇拉也來到穿廊，她問：「是誰呀？佛爾農。」但我一開始真的連個人影也沒見著，直到我低頭看向門邊，把燈也放低才看到。

他看起來就像隻溺水的小狗，身上穿著吊帶褲，頭上沒帽子，因為走了四英里泥巴路，從腳到膝蓋都給噴溼了。「哎呀，怎麼會是你呢？」我說。

「是誰呀？佛爾農。」寇拉說。

他看著我，黝黑雙眼在臉中央瞪得圓圓的，就像你用燈光偶然打亮一隻貓頭鷹的臉。「你還記得那條魚吧？」他說。

「進屋裡來吧，」我說：「怎麼了呢？你的老媽——」

「佛爾農！」寇拉喊著。

他站在靠近門後的地方，就在陰影處。風雨掃向燈，不停嘶嘶地撲向燈，我一直怕它被吹壞。「你當時在場，」他說：「你看到了。」

接著寇拉來到門邊。「你別待在雨中，快進來。」她一邊說一邊伸手拉他進來，而他始終盯著我，樣子就像隻溺水的小狗。「我就跟你說了，」寇拉說：「我就跟你說出事了。你給我去把車套好。」

「但他又沒說——」我說。

他盯著我，身上的水不停滴落地板。「他會把地毯弄壞的，」寇拉說：「我帶他去廚房，你趕快把車騾準備好。」

但他躊躇不前，身上仍在滴水，雙眼一直望著我。「你當時在場。你看到魚就躺在那裡。凱許確定要把她釘進棺木裡了；而那隻魚當時就躺在地上。你看到了。你看到留在沙土地上的痕跡。雨是一直到我上路來這兒才下的。所以我們還來得及趕回去。」

雖然我還搞不清楚狀況，但這些話就算沒讓我毛骨悚然，也真是嚇到我了。不過寇拉顯然怕起來了。「你趕快把牲口準備好啦，」她說：「悲傷和擔憂已經讓他神志不清了。」

這些話就算沒讓我毛骨悚然，也真是嚇到我了。人偶爾會禁不住想，想這世上所有的傷痛及苦難；想傷痛和苦難可能突襲任何地方，就像閃電一樣。我想人確實得靠著對主的強大信任來捍衛自己，不過有時我覺得，寇拉或許有點太謹慎了，例如她會逼得人家受不了，而且比任何人都投入。不過，像這種事發生時，我又覺得她做得對，你就是得絮絮叨叨地確保一切順利進行，而我認為有這樣一個妻子是受保佑的，她總是努力為神奉獻，努力做善事，我正如她所說是受保佑的。

人偶爾會禁不住想起這種事。不過也沒那麼頻繁。這樣很好。因為主是希望人行動，而不是花太多時間在亂想，因為人腦就像機械，禁不起太多折騰。這機械要能以最佳狀態運作，就只能想一樣的事，也就是做每天的日常活動，並確保沒有部件被用在不必要的事項上。我以前就說過了，現在看法也一樣，那種行為正是達爾現在最大的問題：他就是悶在那裡花太多時間亂想。寇拉說的沒錯，他需要的是個能把他打理上正軌的妻子。而我一想到這事，想到若一個男人除了結婚之外沒其他出路，那他幾乎是該死的沒救了。不過我認為寇拉說的還是沒錯，她說主之所以造出女人，就是因為男人即便看到了對自己有益的事，卻往往不明白那好處。

等我帶來車騾，回到屋內，他們已經在廚房了。她在睡袍上加了連身裙，頭上包了披巾，雨傘和《聖經》裹在油布內，而他聽從她的安排，坐在金屬爐檯上一隻倒過來的水桶上，身子還在往地板滴水。「我從他口中什麼都問不出來，他就只講魚的事，」她說：「這是對他們的審判。我看到上帝之手在這男孩身上起了作用，就為了審判安斯．邦德倫，為了給他個警告。」

「雨一直到我離家才落下，」他說：「我當時已經離開了，去了別的地方。而魚就躺在沙土地上。你看到了。凱許正打算把她釘死在棺材裡，但你看到了。」

我們抵達他們家時，雨已經下得很大，而他就坐在我們兩人中間，身上裹著寇拉的披巾。他其他話都沒說，只是坐著讓寇拉為他撐傘。寇拉一直在唱歌，偶爾停頓的時間夠長了，就會說：「那是對安斯．邦德倫的審判。希望他能因此了解自己正走在罪惡的道路上。」接著她又會唱起歌來，而他就坐在他們兩人之間，身體稍微往前傾，彷彿騾子移動的速度趕不上他的心急。

「魚就躺在那裡，」他說：「但我上路離家後，雨才開始下。我之所以能去打開窗戶，是因為凱許還沒把她釘死在裡頭。」

等我們把最後一根釘子打進去，時間早已過了午夜，等我回到自己家，把車騾牽出去安頓，再回到床上時，天色也幾乎要亮了，而寇拉的睡帽就擱在另一個枕頭上。即便是到了那時候，讓我一點也不驚訝的是，我彷彿還能聽到寇拉在唱歌，還能感覺那男孩彷彿為了趕在騾子前而往前傾身，還能看見凱許拿著鋸子上下晃動著工作，還能看到安斯像稻草人一樣站在那裡，彷彿他是一隻站在及膝湖泊中的小牛，儘管已有人經過湖邊擾動湖水，他卻還沒發現。

我們把最後一根釘子打進去，把棺材抬進屋子裡，此時已經快破曉了，而她正在躺在床上，一旁窗戶開著，風雨又都吹到她臉上。這是瓦達曼第二次這麼幹了，而他本人已經睡死了，根據寇拉描述，他的臉就像曾被埋了一陣子後又給挖出來，看起來就像那種小孩在耶誕節戴的古怪面具。最後他們終於把她放進棺材，釘好，這樣他就不能再幫她開窗了。隔天早上，他們發現只穿著上衣的他睡在地上，彷彿一頭被打倒在地的小牛，而棺材蓋子上到處都是洞，凱許的新螺旋鑽則插在最後一個洞眼裡，而且已經壞了。他們把蓋子掀開時，還發現有兩個洞一路鑽到了她臉上。

若這是上帝的審判，那也太過頭了。因為主的作為絕非僅止於此。他當然會受到審判。因為唯一能拖累安斯．邦德倫的始終只有他自己。但每當有人說他壞話，我總心想，他再怎麼說還算個男人，不然也不可能長久以來堅持做個討人厭的傢伙。

真的太過頭了。再怎麼說也不該這麼審判他。用「祂說讓孩子到我這裡來」的說詞也無法將其合理化。寇拉說：「我為你生的孩子是吾主上帝送來的。我面對這一切毫無驚懼，因為我對主抱持堅定信仰，那信仰鼓舞著我、支撐著我。若你沒有兒子，那一定是主透過祂的智慧另有其喻旨。而我的人生無論現在或之前，始終都是一本敞開的書，祂所造萬物中的男女都能閱讀，因為我相信我的上帝，也相信我將得到的獎賞。」

我想她是對的。我想這世界若有任何一個男人或女人，是祂能交託一切，或是在人生盡頭能帶著祂的思想安息，那就一定是寇拉。而且無論祂是如何運籌帷幄，我想她都還會做出一些修改。而我確信那些修改是為了男人好。至少我們男人必須喜歡這些修改。或至少我們要懂得乾脆順著她，假裝喜歡那些修改。

達爾

提燈擱在一座樹墩上。那燈鏽了，滿是油汙，佈有裂紋的燈罩一側有片形狀往上竄的煤灰汙漬；那燈發出一道微弱但刺熱的光線，就照在鋸木架、木板，以及近旁的地上。陰暗的地面上，鋸木片就像在黑色畫布上隨意塗抹的柔淡顏料。那些木板就像從平滑夜色中扯下後翻出內面的滑順布條。

凱許正埋頭努力在鋸木架邊工作，他前後移動，不停把木板提起又放下，因此在死氣沉沉的空氣中製造出一陣陣嘈雜而漫長的震波音響，彷彿他不停把木板提起後丟入一座隱形水井，那些音響有時會停止，但不會離開，彷彿任何動靜都能透過反覆震動，將音響從緊臨的空氣中卸載下來。他又開始鋸了，手肘在光線中緩慢閃現；有條細微火光沿著鋸子邊緣延伸，在未曾間斷的無限延長中，那火光在鋸子頭尾不停消失又重現，於是那支鋸子看起來彷彿有六英尺長，隨鋸木動作不停進出爸憔悴又茫然的剪影。「把那塊板子給我，」凱許說：「不，是另一塊。」他把鋸子放下，走過來拿起他想要的板子，並用那塊相襯木板所映射出的搖曳、細長光芒將爸掃到一邊去。

空氣聞起來有硫磺的味道。空氣形成了一個肉眼看不見的平面，所有陰影像是打在牆上，如同剛剛的音響一樣，即便消退也沒跑多遠，只是暫時凝固起來，只是等在近旁盤算著。凱許繼續工作，身體半轉向微弱光線，一條大腿和一隻魚竿般細瘦的手臂支著身體，臉斜斜浸入光線，手肘以上散發出那種全神貫注且充滿動態的靜止氣息。天空底下，大片閃電淺眠；貼在天際線上的樹林靜止不動，但每根支條都躁動、腫脹，彷彿突然受孕一般膨大起來。

開始下雨了。這雨一開始下得猛烈、稀落，雨滴迅速沖刷過葉隙，下滿整片大地時如同一陣漫長嘆息，似乎是因為離開懸而未決的狀態，不再難受而鬆了口氣。雨滴大得像鉛彈，彷彿從槍管中發射那般溫熱；風雨如同惡毒蛇信般嘶嘶撲向提燈。爸抬起臉來，嘴巴塌陷，溼黑色菸草緊貼在他牙齦底部邊緣；在那張震驚又塌陷的臉背後，他彷彿超越時間地沉思著，沉思著所謂神之怒。凱許看了天空一眼，接著望向提燈，手上的鋸子沒有絲毫動搖，活塞般上下的鋸子邊緣延伸的光線也沒中斷。「去找點什麼來蓋住提燈。」他說。

爸走向屋子。大雨突然落下，沒有打雷，沒有任何警示；他被掃落到簷廊邊緣，而凱許的全身也瞬間溼透。然而鋸子的上下仍沒有絲毫動搖，彷彿鋸子和手臂之所以繼續運作，是因為抱持著一個恬靜信念：這場大雨不過是心靈帶來的幻覺。然後他把鋸子放下，蹲在提燈上，用身體為燈遮擋，背的形狀因為襯衣溼黏著而看來清減，甚至骨瘦如柴，於是人也像是給翻到了錯的一面，彷彿襯衣內面給翻了出來，彷彿人的骨肉也給翻了出來。

爸走了回來。他身上穿著珠爾的雨衣，手上還拿著杜葳．戴爾的雨衣。蹲在提燈上的凱許伸手往後撿了四根棍子，插在地上，然後從爸手中接過杜葳．戴爾的雨衣，攤開後披在棍子頂蹲，等於給提燈蓋了個屋頂。爸看著他。「我不知道你之後該怎麼辦，」他說：「達爾把他的雨衣帶走了。」

「就淋溼呀。」凱許說。他再次拿起鋸子；鋸子再次開始上下移動，彷彿上了油的活塞，繼續進出那一整片不疾不徐的無動於衷；他那具不知算男孩或老人的清瘦身體徹底溼透、看似骨瘦如柴，但沒有厭倦的跡象。爸看著他，不停眨眼，臉上淌滿雨水；他再次望向天空，表情無聲但彷彿目睹真相大白般地沉思著神之怒，彷彿眼前一切正如他預期；他時不時地動動身體，偶爾走動，身軀憔悴又淌滿雨水，不然就是撿起一塊板子或工具後再放下。佛爾農．涂爾現在來了，凱許穿上涂爾太太的雨衣，然後佛爾農開始到處找鋸子。過了一陣子，他們才發現鋸子在爸手裡。

「你為什麼不回屋內去？去避雨吧？」凱許問。爸看著他，臉上緩慢淌著雨水。彷彿有名粗魯的諷刺人像師，荒謬地將所有哀痛溢於言表的概念，在他臉上刻成一幅滑稽畫像。「你進去吧，」凱許說：「我和佛爾農就能把棺材完成。」

爸看著他們。珠爾雨衣的袖子穿在他身上顯短。他的臉上有雨水流淌，緩慢如同冷掉的甘油。「我就算淋溼了也不怪她。」他說。他又再次走動起來，跌倒時弄亂木板，只好撿起後再將板子仔細放好，彷彿那些都是玻璃。他走向提燈，扯到披掛的雨衣，結果害雨衣掉到地上，凱許只好過來重新放好。

「你進屋裡去吧。」凱許說。他帶爸回屋內，之後帶著雨衣回來，摺好後放在提燈所在的遮棚底下。佛爾農手上的工作沒停。他抬起頭，但手上仍鋸著木頭。

「你一開始就該那麼做了，」他說：「你早知道一定是要下雨了。」

「他總是這樣一頭熱。」凱許說話時眼睛盯著木板。

「唉，」佛爾農說：「反正他總歸會來湊熱鬧的。」

凱許瞇眼盯著板子。那條板子的狹長側面不停受到雨水穩定沖擊，大量雨水就這麼一波波襲來。「我打算把板子磨出斜面。」他說。

「那得花上更多時間。」佛爾農說。凱許把板子以側邊立起；有那麼一陣子，佛爾農就這麼望著他，接著才把刨刀遞過去。

佛爾農幫忙把板子拿穩，好讓凱許將邊緣磨出斜面，他彷彿珠寶商一樣仔細做著這乏味又精細的工作。涂爾太太走到簷廊最外邊呼喊佛爾農。「你們還要多久完工？」她問。

佛爾農沒有抬頭。「不會很久，再一下就好了。」

她看著凱許在木板邊彎腰，提燈散發出浮誇又張揚的光芒，隨著他移動不停滑過他的雨衣。「你們去穀倉拆點板子來，完成棺材，然後趕快進屋，別淋雨了，」她說：「你們都會因此染上重病！」佛爾農沒動。「佛爾農！」她又喊了。

「不會花很久時間，」他說：「再一下就好了。」涂爾太太望著他們一陣子。接著又回去屋內。

「如果板子真的不夠，我們可以拆幾塊板子來，」佛爾農說：「我會再幫你把板子裝回去的。」

凱許停下刨木頭的工作，瞇起眼睛沿著木板邊緣看，用手掌擦過木板。「給我下一片。」他說。

就在接近清晨的某一刻，雨停了，不過當凱許把最後一根釘子打進去，僵硬地站直身體，低頭望向那副棺材，一旁大夥兒也盯著他時，天色還沒大亮。他的臉在提燈的光芒下顯得冷靜，沉浸於腦中思緒；他用雙手輕敲披著雨衣的大腿，姿態刻意、沉著，一切塵埃落定的模樣。接著他們四人——凱許和爸和佛爾農和皮巴迪——將棺材扛在肩上，轉往屋內。棺材很輕，但他們走得很慢；棺材很空，但他們仍抬得很小心；棺材沒有生命，但他們仍低聲留心提醒彼此，提及棺材時，更彷彿它完成之後，只是處於淺眠狀態，等著隨時都要活過來。他們的沉重腳步在深色地板上走得踉蹌，彷彿他們已經好久沒走在木地板上了。

他們把棺材放到床邊。皮巴迪輕聲說：「我們稍微吃點東西吧。天幾乎要亮了。

凱許人呢?」他已經回到鋸木架邊,為了收拾工具在提燈微弱的燈火中彎下腰;他將每把工具都用布仔細擦乾淨,收回工具箱,肩膀上則掛著一條皮吊帶。接著他拿起工具箱、提燈和雨衣打算回到屋內,而他走上階梯時,就著正蒼白亮起來的東方天色,身影褪成一抹模糊的剪影。

在一個陌生的房間,你必須放空自己才能入睡。而在你能放空入睡之前,你以什麼狀態存在?等你足以放空入睡了,你已經不存在。等你被睡眠充滿時,之前的你又完全不復存在。我不知道我以什麼狀態存在。我不知道我存在還是不存在。珠爾知道他存在,因為他不知道自己不知道自己存在還是不存在。他無法放空自己入睡,因為他不是以自己存在的狀態存在,而是以他不存在的狀態存在。越過那堵沒被燈打亮的牆我能聽見雨水正將我們的馬車敲打出形狀,而那一批已經不再算是他們的木材,那批被摔到地上、還沒開始鋸來用的木材,那批我們已經買了卻也不是我們的木材,儘管那批木材確實在我們馬車上,但風雨將它們敲打出形狀的聲響只有沒睡著的珠爾和我能聽見。而既然睡眠現在不存在,雨和風的存在屬於過去,於是那批木材不存在。不過馬車存在,因為若馬車的存在屬於過去,愛笛・邦德倫未來將不存在。而珠爾存在，愛笛・邦德倫也一定存在。那麼我一定存在，不然就無法在一個陌生空間放空自己入眠。因此如果我還沒放空，我現在就存在。

我實在太常躺在被雨水拍打的陌生屋頂下，就這麼想著家。

凱許

我把棺材做出斜面。

一、釘子能抓住的面積更大。

二、每條接縫能讓手抓住的表面積因此翻倍。

三、水一定會滲入的是斜面。一般而言，水在垂直面或水平面上最容易流動。

四、人們在屋子裡有三分之二的時間是直立站著。因此，屋子的各種接縫及接合點也被做成垂直的，因為力量起的也是垂直作用。

五、在床上時，人們總是躺著，床的各種接合點及接縫也因此被做成水平的，因為力量起的也是水平作用。

六、不過。

七、身體可不像軌道下的枕木一樣方方正正。

八、動物磁性說。

九、根據動物磁性說，屍體的作用力是傾斜的，因此棺材的接縫和接合處才會做成斜的。

一〇、你可以看到一座老墳的土面是斜著往下塌陷。

一一、而位於大自然的洞是從中央陷進去，作用力是垂直的。

一二、所以我把棺材做出斜面。

一三、這麼做比較到位。

瓦達曼

我母親是條魚。

涂爾

我回家時已經十點了，皮巴迪的車馬就綁在馬車後方。之前奎克在距離泉水一英里處，發現那台輕巧馬車上下顛倒橫跨在一條水溝上，而現在已給拖回來了。這車在泉水處就給扯到道路外，之前早有十幾輛馬車出過差不多的事。發現馬車的是奎克。他說河水面很高了，而且還在上漲。他說水面已淹過橋墩標記的史上最高水位了。

「那條橋承受不了這麼多水呀，」我說：「有人告訴安斯了嗎？」

「我跟他說了，」奎克說：「他說他覺得兒子們已經聽說，而且卸貨了，現在正在回來的路上。他說他們可以把棺材載上車後過河。」

「他最好去把她埋到新希望鎮的墓地，」雅姆斯提德說：「那條橋很老了。我可不敢跟那條橋賭命。」

「他已經決心要把她帶去傑佛森了。」奎克說。

「那他最好趕快上路。」雅姆斯提德說。

安斯在門口迎接我們。他已經剃了鬍子，但剃得不太好，下巴有道長長的血痕。他穿著做禮拜的西裝褲、白襯衫，環狀領口扣起。駝背處的襯衫拉得非常平整，讓整件襯衫看來史無前例地巨大，而他的臉也不太一樣了。他現在會直視其他人雙眼，姿態莊嚴，表情帶有悲劇性但很自制，在我們走進穿廊刮鞋底時一一與我們握手，我們身上也穿著做禮拜的服裝，但有點僵硬，又有點皺，不像他接待我們時身上那件那樣飽滿。

「賞賜的是耶和華。」我們說。

「賞賜的是耶和華。」[12]

那男孩不在場。皮巴迪跟我們描述了他是如何跑進廚房，大吼大嚷，因為發現寇拉打算煮了那條魚，又是手腳並用阻止她，又是撕抓鬧騰，而杜葳·戴爾又是如把何他制伏後帶進穀倉。「我的車馬還好嗎？」皮巴迪問。

「沒問題的，」我告訴他：「我今早餵了牠們。你的輕便馬車似乎也沒事。看起來沒啥損傷。」

「那就沒人需要負起責任了，」他說：「我還真願意花上五分錢，就為了知道車馬逃脫時他人在哪裡。」

「如果有哪裡壞了，我可以修。」我說。

此時女人們走進屋內。我們可以聽見她們一邊走一邊用扇子搧風。扇子發出呼噓、呼噓、呼噓的聲響，而她們同時在說話，於是說話聲有點像蜜蜂在水桶中嗡嗚。男人們仍站在穿廊，繼續有一搭沒一搭說話，沒看向彼此。

「嘿，佛爾農，」他們打招呼。「嘿，涂爾。」

「看起來雨還會下得更大。」

「現在就已經下很大了。」

「是的，先生，但之後還會更厲害呢。」

「一下子就下得很大了。」

「而且似乎不會很快結束。沒變小的跡象呀。」

12 通常在葬禮上，「賞賜的是耶和華」下一句會接「收取的也是耶和華」，但在這裡卻只出現上半部。

我繞到房子後方。凱許正在填補棺材蓋子上被打出來的孔洞。他正在削整用來填洞的塞子，一次削一顆，不過木頭又溼又硬，不是很容易處理。他其實可以輕易切開錫罐，用錫片把孔洞填藏起來，沒人會看出什麼不同，至少不會是令人在意的程度。我之前就見過他花一小時削一枚楔子，彷彿處理的是易碎玻璃，但明明他隨手就能在身邊找到十幾根棍子，而且削下尖端就能湊合地塞進接合處。

等我們這邊結束後，我又回到屋子前方。男人們去到離屋子有點距離的地方，就坐在板子兩端及鋸木架上，也就是我們昨晚做棺材的地方，他們有些人坐著，有些人蹲坐著。惠特菲爾德還沒來。他們抬眼看我，用眼神問我。

「差不多了，」我說：「他準備把蓋子釘上了。」

就在我們起身時，安斯來到門邊望向我們。我們回到穿廊。我們再次刮了鞋底，仔細小心，就希望別人先刮完，還在門邊磨蹭了一下。安斯站在門內，姿態莊嚴、自制。他揮手招我們進去，然後帶頭走進房間。他們已經把她換了個方向放入棺材。凱許把棺材做成鐘面的形狀，就像這樣 ，而且每個接縫都磨成斜面，所有接合處也用刨刀刨過，緊密如同繃緊的鼓面，又細密如同編織籃。他們把她的頭先放進去，一點一點往下，直到腳也放進去，就怕擠壞她的洋裝。那是她的結婚禮服，裙襬往外展開，所以他們把她的頭先放進去，一點一點往下，直到腳也放進去，才能讓禮服平鋪開來。他們還用蚊帳為她做了面紗，免得被鑽出的洞太顯眼。

就在我們出發時，惠特菲爾德來了。他走進來時，從腳到腰都又溼又泥濘。「讓主撫慰這棟家屋，」他說：「我遲到了，因為橋沒了。我往下走到以前渡河的那道淺灘，讓我的馬直接游過去，上主保佑我。祂的恩典降臨這棟家屋。」

我們又回去，或坐或蹲坐，就在鋸木架和木板兩端。

「我早知道橋會被沖走。」雅姆斯提德說。

「已經在那兒很久了，那道橋。」奎克說。

「是主讓它撐在那裡的，你是這意思吧？」比利叔叔說：「這二十五年來，我還真不知道哪個人拎起槌子去修過它。」

「橋在那裡多久了？比利叔叔？」奎克問。

「建起來的時候，讓我想想，是一八八八年，」比利叔叔說：「我之所以記得，是因為走過橋的第一個人是皮巴迪，他當時是來我們家給裘第接生。」

「如果每次你老婆生下一窩崽子，我就得過橋的話，那條橋老早給走壞了，比利。」皮巴迪說。

我們都笑了，而且是爆笑出聲，接著又突然安靜下來。我們若有所思地看著彼此。

「許多走過這座橋的人都再也過不了任何橋了。」休斯頓說。

「這倒是實話，」小約翰說：「確實如此。」

「又有一個人沒辦法了，再也沒辦法了，」雅姆斯提德說：「他們得花上兩、三天才能用馬車把她送到城裡。光是把她帶到傑佛森再回來，他們這趟就得走上一個星期。」

「說真的，安斯到底為何非得把她帶到傑佛森？」休斯頓問。

「他答應過她了，」我說：「是她想這麼做的。她從那裡來。她決心要這麼辦。」

「安斯也下定決心了。」奎克說。

「唉，」比利叔叔說：「這男人這輩子都這樣，簡直任由一切失控，成天給他認識的所有人惹麻煩。」

「哎呀，現在得靠主才能把她運過那條河了。」皮巴迪說。

「安斯是辦不來的。」

「我想祂有辦法，」奎克說：「祂已經看顧安斯好一段日子了，直到現在。」

「這倒是實話。」小約翰說。

「看顧這麼久，現在也來不及收手了。」雅姆斯提德說。

「我想祂就跟這裡所有人差不多，」比利叔叔說：「幫得太久，現在收手也太晚了。」

凱許走了出來。他已換上乾淨襯衫，溼答答的頭髮一路整齊梳到齊眉處，看起來又黑又滑順，彷彿是用顏料畫在頭上一樣，然後他就這麼肢體僵硬地蹲在我們之間。我們看著他。

「你意識到了天氣不妙，是吧？」雅姆斯提德問。

凱許沒說話。

「斷過的骨頭總會有感覺，」小約翰說：「一個斷過骨頭的人事先就能知道大雨要來。」

「凱許只斷了腿算幸運的，」雅姆斯提德說：「他本來有可能因此臥床不起。你從多高的地方跌下來？凱許？」

「二十八英尺又四英寸半，差不多那麼高吧。」凱許說。我移動到他身邊。

「人踩在溼木板上滑倒的速度可快了。」奎克說。

「真是太倒楣了，」我說：「但那種狀況也真是沒辦法。」

「都是那些該死的女人，」他說：「我這副棺材是為她量身訂製的。我是按照她的身材及體重打的。」

如果溼木板會讓人滑倒，在這陣雨結束前，可有好多人得滑倒了。

「那種狀況也真是沒辦法。」我說。

我不在意有誰滑倒。我在意的是棉花和玉米。

皮巴迪在意的也不是誰會滑倒。是吧？醫生？

這倒是實話。大地上的作物將被沖刷得一乾二淨。大地上似乎總會發生一些慘事。

這是當然。這樣大地才有價值。若什麼慘事都不會發生，每個人都大豐收，你的作物還能賣到合理價錢嗎？

哎呀，但若要說我開心看我的成果、我揮汗打拚的成果給從大地上沖刷掉，那也太不合理了。

這倒是實話。若有人能決定何時讓雨開始下，就不會在意看著作物受大雨沖刷了。哪個人有這能耐？他的眼珠子是什麼顏色？

唉，是吾主讓作物生長。那祂若要把作物沖刷掉，也是因為祂有安排。

「那種狀況也真是沒辦法。」我說。

「都是那些該死的女人。」他說。

屋內女人開始唱歌。我們聽到第一句歌詞揭開序幕；隨著歌聲穩定下來，那音量愈來愈大。我們起身向門口移動，脫下帽子，丟掉口中嚼的菸草。我們沒有進去。我們在階梯上停住腳步，覺得腳好沉重，軟弱無力的手將帽子拎在身前或身後；我們單腳向前站著，頭低垂，眼神飄盪，先是往下看手中帽子，接著看土地，或者偶爾瞥向天空，偶爾瞥向彼此凝重又自制的那張臉。

那首歌結束了；隨著情感豐沛但逐漸衰弱的歌聲，她們的嗓音顫抖退去。惠特菲爾德開始唱了。他的音量比他的體型大多了。彷彿兩者不屬於同一人。彷彿他是一個人，他的聲音卻又是另一個人，兩人騎著兩匹並肩前行的馬渡過淺灘，來到這棟房子，其中一人身上濺滿泥水，但另一人絲毫沒被打溼，而前者得意洋洋，後者哀傷。屋內有人開始哭。聽起來卻像是她的雙眼和聲音都被阻擋在體內，我們就這樣聽著；我們動了動，換了另一隻腳往前站著，彼此眼神交會後又假裝沒事。

惠特菲爾德終於停止了歌聲。女人們又唱起來。在潮溼厚重的空氣中，她們的聲音聽起來像是直接出自空氣，透過哀傷卻又撫慰人心的曲調彼此匯流後延伸。於是就算歌聲中斷，也彷彿仍未走遠。彷彿歌聲只是消解於空氣，只要我們一有動靜，就能將歌聲從周遭空氣再次釋放出來，儘管哀傷但仍撫慰人心。等她們唱完後，我們戴上帽子，我們的動作僵硬，彷彿從未戴過帽子一樣。

寇拉在回家的路上仍在唱歌。「我正朝向我的上帝及獎賞前行而去。」她坐在馬車上唱著，披巾裹住肩膀，雨傘撐在頭頂，儘管根本沒下雨。

「她得到她的獎賞了，」我說：「無論她去了哪裡，都是擺脫了安斯．邦德倫，這就是她的獎賞。」她在那副棺材裡躺了三天[13]，就為了等達爾和珠爾回家，拿一個新輪子回馬車翻進邊溝的地方。用我的車騾吧，安斯，我說。

我們要等自己的車騾回來，他說。她會這麼希望的。她之前一直是個講究的女人。他們在第三天時回來，一夥人把她裝進馬車後出發，但為時已晚。你得繞一大段路到山姆森那邊的橋過河，而且得花上一天才能抵達那兒。接著距離傑佛森還有四十英里。用我的車騾吧，安斯。

我們要等自己的車騾回來。她會這麼希望的。

距離房子一英里處，我們看到了瓦達曼，他就坐在一個泥水坑邊。據我所知，那裡頭從未出現一條魚。他轉頭看向我們，眼睛圓滾滾的，很冷靜，臉上很髒，一根魚竿擱在他的兩隻膝蓋頭上。寇拉仍在唱歌。

「這實在不是個釣魚的好日子，」我說：「你跟我們回家吧，我明天一大早就帶你去河邊抓些魚。」

「這裡就有一條，」他說：「杜葳・戴爾看到了。」

「跟我們回去吧。釣魚還是去河邊最好。」

13 耶穌復活也是在第三天。

「就在這裡，」他說：「杜葳・戴爾看到了。」

「我正朝向我的上帝及獎賞前行而去。」寇拉唱著。

達爾

「反正死的不是你的馬，珠爾。」我說。他身體稍微往前傾，背脊直挺挺坐在位子上，就像木頭打出來的一樣。他的帽子邊緣溼透，只有頭頂兩個地方還是乾的，而水就在他像木頭打的臉前逐一滴下；他的頭低垂，透過不停滴落的水往外看，彷彿透過盔甲的眼部遮罩往外看，那眼神漫長穿越整座村莊，抵達依偎在斷崖邊的穀倉，彷彿透過眼神，將一匹隱形的馬敲打出來。

「看到牠們了嗎？」我說。就在屋子上方，就貼在快速流動的厚重雲層底下，牠們不停以狹小圈子盤旋著。從我們這裡望過去，牠們不過是兩個斑點，執著、充滿耐心，且散發不祥氣味。「不過反正死的不是你的馬。」

「天殺的你，」他說：「天殺的你。」

我無法愛我的母親，因為我沒有母親。珠爾的母親是一匹馬。

沒有其他動靜，高飛在天的禿鷹繼續在那兒繞圈子，雲層的移動讓人有了牠們在後退的錯覺。

他沒有其他動靜，背像木頭打出來的，臉像木頭打出來的，他用眼神敲打出一匹馬，僵硬的背脊彎曲後彷彿一隻鷹，雙翼如勾。牠們正在等我們，等我們移動棺材，也等著他。他走進廄位，等牠開始踢他之後，他才得以閃身經過，爬上食槽，待在那兒一下，從擋住視線的廄位頂端窺看那條空蕩蕩的小徑，接著溜進頂間。

「天殺的他。天殺的他。」

凱許

這樣沒辦法平衡。如果要平衡地把棺材搬起來運送，我們就得——

「抬起來呀。天殺的你們，抬起來。」

「我跟你說了，這樣沒辦法平衡地把棺材搬起來，也沒辦法運送，除非——」

「抬起來！抬起來！天殺的你們這些大鼻子[14]的傢伙下地獄吧，抬呀！」

這樣沒辦法平衡。如果他們要平衡地把棺材搬起來運送，他們就得——

14 這裡的「大鼻子」不是咒罵之語，純粹是指出珠爾和其他人之間相貌的不同。

達爾

他跟我們在棺材上方一起彎著腰，兩隻手跟我們總共八隻手一起抬著。臉上血色一波波湧現。在血色褪去的時刻，他的臉發青，就像牛反芻時嚼的草料，是滑順、厚實的淺綠色；他的表情喘不過氣、一臉憤怒，嘴唇掀開露出牙齒。「抬起來！」他說：「抬起來，天殺的你們這些大鼻子的傢伙！」

他猛然使力，將棺材的一邊突然整個抬起，我們只好為了配合他衝去抬起另一邊，終於在他完全把棺材翻過來之前保持平衡。有那麼一瞬間，棺材彷彿有意志地抗拒被抬起，彷彿是她魚竿般細瘦的身體即便是死了，仍激烈地死撐在地上，就為了維持體面，就像她沒辦法阻止自己的身體排泄，但仍想把被排泄物弄髒的衣物藏起來一樣。接著棺材失去控制，突然整個抬升起來，彷彿她的瘦弱增加了木板浮力，又或者彷彿看到自己身上的衣物就要給撕壞了，所以突然追了過去，還興致勃勃嘲弄著自己先前聲稱的欲望及需求。珠爾的臉這下可是完全發青，我可以聽見他咬牙切齒地在噴氣。

我們把棺材抬到穿廊，我們的腳步沉重、笨拙地踩在地板上，小步小步移動，終於走出門口。

「現在，你們先在這兒穩住棺材，等我一下。」爸說完後鬆手。他轉身關門，鎖上，但珠爾可不願等。

「快點，」他用那種喘不過氣的聲音開口。「快點啦。」

我們把棺材放低，慢慢走下階梯。我們移動，把棺材當成一個無限珍貴的物品般維持平衡，同時把臉避向別處，透過齒間呼吸好讓鼻子閉氣。我們沿著小徑往下走，走向斜坡。

「我們最好等一下，」凱許說：「我告訴你們，這棺材現在不平衡，我們還需要一個人手才能順利搬下山丘。」

「那你就放手吧。」珠爾說。他是不願停下來的。凱許開始落後，一跛一跛想努力追上，呼吸愈來愈沉重；他離所有人有一段距離了，只剩珠爾獨自抬著棺材前端，而當小徑隨著山丘開始傾斜，棺材開始從我手中流失，沿著空氣溜下，彷彿一架雪撬沿著隱形的雪坡溜下， 還滑順地清空了沿途空氣，並彷彿在其中留下棺材曾存在的形貌。

「等一下，珠爾。」我說。但他是不願等的。他現在幾乎是跑起來了，而凱許早已落在後方。我感覺我獨自抬的這端沒了重量，棺材像根稻草，沿著珠爾奔騰的絕望潮水迅猛航行。當他轉身時，我幾乎已經沒抬著那副棺材了，而他就直接任由棺材從自己頭上飛越，一甩身，藉著棺材原本行進的方向使力，再拉慢速度後投落於馬車平台。接著他回頭看我，臉上滿是憤怒及絕望。

「天殺的你們。天殺的你們。」

瓦達曼

我們要進城了。杜葳・戴爾說那台小火車不會賣出去，因為那台車屬於耶誕老人，而他已經把車帶走，明年耶誕節才會帶回來。接著那台車又會出現在玻璃櫥窗後方，因為長久等待而散發光芒。

爸和凱許沿著山丘走下來，但珠爾正往穀倉走。「珠爾。」爸喊他。珠爾沒停下腳步。「你要去哪？」爸問，但珠爾沒停下腳步。「把馬留在這裡就好，」爸說。珠爾停步，看著爸，雙眼看起來就像兩顆彈珠。「把馬留在這裡就好，」爸說：「我們一起和媽搭馬車去，她就是這麼希望的。」

但我母親是條魚。佛爾農看到了。他當時在場。

「珠爾的母親是匹馬。」達爾說。

「那我的母親可以是條魚，對吧？達爾？」我說。

珠爾是我的哥哥。

「那我的母親也得是匹馬了。」我說。

「為什麼？」達爾問：「如果爸是你爸，為什麼只因為珠爾的母親是匹馬，你媽就得是匹馬？」

「為什麼得是呢？」我問：「為什麼呢？達爾？」

達爾是我的哥哥。

「那你媽是什麼呢？達爾？」我問。

「我始終沒母親，」達爾說：「因為，如果我有過母親，現在的存在就屬於過去。而如果現在的存在屬於過去，那現在就不會存在於現在了，對吧？」

「對。」我說。

「那我就不存在了，」達爾說：「對吧？」

「對。」我說。

我存在。達爾是我的哥哥。

「但你存在呀，達爾。」我說。

「我知道。」達爾說。「「我知道。」達爾說。「所以我不是單獨的存在。像我這樣多重存在的人，不是一個女人能生出來的。」[15]

凱許正拿著他的工具箱。爸看著他。「我會在回程時去涂爾家一趟，」凱許說：「修一修他的穀倉。」

「這樣做太不尊重了，」爸說：「簡直是蓄意藐視她，也藐視我。」

「你難道要他一路回來這裡，然後再帶著工具走到涂爾家嗎？」達爾問。爸看著達爾，嘴巴嚼個不停。爸現在每天都刮鬍子，因為我母親是條魚。

「這樣做不對。」爸說。

杜葳．戴爾手上拿了一個包裹。她還帶了一只裝了我們晚餐的籃子。

「那是什麼？」爸問。

15 這裡的「存在」都是使用be動詞來表現，不過當瓦達曼試圖說服達爾存在時，他說的是「you are」。瓦達曼之所以說「are」，純粹是be動詞在文法上必須跟著「you」做轉換，達爾卻玩笑地把are當作是從主詞變成複數的轉換，所以之後才會說他不是「單獨的存在」（is），且這種「多重存在」（are）對一個女人而言負擔太大。連接上文，也代表他認為自己這樣的人不可能會有母親。

「涂爾太太的蛋糕，」杜葳．戴爾一邊說邊爬上馬車。「我要為她帶進城。」

「這樣做不對，」爸說：「是對死者的輕蔑。」

小火車會在那兒。下個耶誕節，小火車會在那兒，她是這麼說的，它會在軌道上閃閃發光。她說老闆不會把小火車賣給城裡的男孩。

達爾

珠爾走向穀倉，進入院子，背部像木頭打的一樣。杜葳・戴爾一隻手臂掛著籃子，另一隻手拿著一個用報紙包得方正的包裹。她的表情冷靜、陰沉，雙眼正在沉思又顯得警覺；我能在她眼中看到皮巴迪的背部，就彷彿兩顆圓豆子嵌在兩個頂針內：或許在皮巴迪背上，就有兩隻這樣的蠕蟲鬼祟但穩定穿越你的身體，然後從身體另一側冒出，讓你突然從睡夢中驚醒，或從清醒中清醒，而臉上的表情則是突兀、專注卻又憂心。

她把籃子放上馬車，爬進去，緊繃洋裝下露出一雙長腿：那是足以舉起全世界的槓桿；那種足以測量生命長度及廣度的卡尺。她坐上馬車的座位，旁邊是瓦達曼，包裹就擱在大腿上。

然後他走進穀倉。他始終沒回頭看。

「這樣不對，」爸說：「他為她做的事已經夠少了。」

「我們走吧，」凱許說：「如果他想這樣，就讓他留下吧。待在這裡不會有問題的。說不定他會去涂爾家待著。」

「他會跟上我們，」我說：「他會抄小路，跟我們在涂爾家那條小路碰頭。」

「他本來也打算騎那匹馬，」爸說：「如果不是我阻止他的話。那頭該死的斑點畜生，比山貓還野。根本是擺明著藐視她和我。」

馬車移動起來；騾子的耳朵開始快速擺動。在我們身後，在房子上方，沒有其他動靜，那些禿鷹繼續在高空繞著圈圈，然後身影逐漸模糊，逐漸消失。

安斯

我叫他出於對死去老媽的尊敬，別把那匹馬帶去，因為這畫面看起來不對：她想要我們全跟她一起待在馬車上，這群她的骨肉至親，而不是他獨自騎著那匹該死的馬戲團畜生。不過我們車子都還沒駛過涂爾家的小路，達爾就開始大笑。場面是這樣：達爾和凱許坐在馬車後方木板上，而在大笑的他腳邊，他母親就躺在棺材內。我不知道跟他說過多少次了，這種表現會被別人議論。我多少還是會把旁人議論我骨肉的話放在心上，就算你們不當一回事，就算是我養大了你們這群該死的兒子，只要當你們打定主意要丟臉，人們就能議論你，而且最後丟的是你老媽的臉，要我說呀，可不是丟我的臉：我是個男人，我承受得起；真正承擔壓力的是你家裡頭的女人，是你應該關愛的老媽和姊妹。我轉身回頭盯著他，而他還坐在那裡大笑。

「我不指望你尊敬我，」我說：「但你自己的老媽都還在棺材裡，屍骨未寒。」

「那裡。」凱許說，他把頭撇向小路的方向。那匹馬還有一段距離，但腳步輕快，正快速朝我們前進，根本不用任何人來說，我就知道上面騎著誰。我只是回頭看向達爾，他繼續坐在那裡大笑。

「我盡力了，」我說：「我試著按她的意願辦事。我相信主會寬恕我，也會原諒這幾個傢伙的行徑，畢竟他們也是祂送來給我的。」而達爾坐在車尾的木板上，腳邊是躺在棺材裡的她，繼續大笑。

達爾

他沿著小路快速接近，不過在他轉進小路時，我們距離那個路口還有三百碼，泥水在馬往前閃動的蹄子之下飛濺。接著他慢下速度，坐在馬鞍上的身體輕巧、挺立，而馬一邊踩著泥水一邊小踏步前行。

涂爾正站在他的院子裡。他看著我們，向我們揮手。我們繼續前進，馬車行進時吱嘎作響，泥水全潑濺在輪子上。佛爾農還站在那裡。他望著珠爾經過，那匹馬前進的步態輕巧、膝頭抬得老高，不過距離他還有三百碼。我們繼續前進，以一種無比昏沉、夢境般的動態，彷彿無法推斷出正在前進的結論，彷彿在我們與目的地之間縮減的不是空間，而是時間。

道路往右側拐過去，上週日留下的輪轍現已癒合消失，只留下一道平滑的紅色紋路蜿蜒深入松樹林；前方出現一塊白色路標，上頭文字已褪色：新希望教堂，三英里。馬車沿著道路往高處駛去，像被一隻手從寬廣荒蕪的大海中抬起，沒有其他動靜；而在馬車之外，紅色道路彷彿車輪輻軸，而愛笛·邦德倫則是輪框。馬車駛過那塊路標，什麼都沒發生、沒留下任何跡象，白色路標彷彿別開了臉，別開了自己褪色但恬靜的聲明。凱許沉默地抬頭望向道路，他的頭在經過時隨著路標旋轉，彷彿貓頭鷹的頭，而表情自制。爸直直望著前方，駝著背。杜葳·戴爾也望著路，然後轉頭看向我，她的雙眼警覺、排拒，不像之前有陣子在凱許眼中燃燒的那種質問火焰。路標已經過去了；毫髮無傷的道路繼續在輪子下延展。接著杜葳·戴爾轉頭。馬車吱嘎前行。

凱許對著輪子吐口水。「要沒幾天，屍體就會臭了。」他說。

「你去跟珠爾說呀。」我說。

他現在沒有其他動靜，就坐在正往前行的馬背上，身體挺直，眼睛望著我們，幾乎像是在他面前高舉著褪色降書的那塊路標。

「用這種方式長途騎馬，是沒辦法平衡的。」凱許說。

「你也把這事拿去跟他說呀。」我說。馬車吱嘎前行。

又過了一英里後，他超越我們，那匹馬弓起脖子，被韁繩穩定控制的牠踱著迅捷步伐。他在馬鞍上的坐姿輕盈、自若，身體挺直，臉彷彿木頭打的一樣，那頂破掉的帽子以驚人的角度斜戴在頭頂上。他快速超越我們，也沒看我們一眼，馬繼續往前進，蹄子踩在泥地上嘶嘶作響。一團泥土往後飛越後濺到棺材上。凱許向前傾身，從工具箱中拿了把工具，小心撥開泥土。等我們經過白葉河後，他折斷一條樹枝，用溼葉子擦洗留在棺材上的汙漬。

安斯

鄉村生活真是苛待男人。真是苛待。辛勤走了八英里路，汗水全流入主的大地，而且還是祂要求這麼做的。這是個罪惡的世界，不管什麼地方，一個誠實、努力的男人永遠無法得到好處。反倒是在城裡經營店鋪的人能從他們身上拿到好處，而且不用辛勤流汗，只要仰賴這些流汗的人就能過好日子。得到好處的不會是努力的男人，不會是農夫。偶爾我也懷疑，我們為何要勉強堅持下去。全是因為天上有獎賞等著我們，反正城裡人不能把汽車之類的玩意兒帶上去。所有人在天上都會是平等的，主會拿走富人的財產，並幫助窮苦之人。

不過這得等上很長一段時間，至少就經驗看來是這樣。但一個人若要為自己的正確作為掙得獎賞，卻得先承受自己及死去的親人遭到輕蔑，實在是很糟糕的事。這天接下來的時間，我們都在趕路，終於在暮色降臨之際來到山姆森家，接著又到了橋被沖走的地方。他們從未見過河水漲那麼高，雨可還沒下完呢。有些老先生甚至說從未記得見過或聽過這樣的事。我是被主揀選之人，而祂會懲戒祂所寶愛之人。但若祂行事不古怪的話，我才要驚訝呢，至少就經驗看來是這樣。

不過我現在可以裝牙齒了。這倒會帶來撫慰。會的。

山姆森

當時太陽即將落下。馬車沿路駛過來時，我們正坐在簷廊上，馬車裡頭坐了他們五人，另外還有一位騎馬跟在後面。其中一人舉起手揮了揮，但後來一夥人仍掠過儲藏間而去，沒停下來。

「那是誰？」麥卡倫問。我想不起他的名字，是芮夫的雙胞胎兄弟嗎？應該就是那一位。

「那是邦德倫，從新希望鎮的南邊過來的，」奎克說：「珠爾騎的就是史諾普斯那批馬的其中一匹。」

「我不知道那批馬中還有留下來的。」麥卡倫說。

「我以為你們那兒的人最後想辦法把馬都分送掉了。」

「你倒是去抓那匹馬試試。」奎克說。馬車繼續前進。

「我敢打賭不是隆恩那老傢伙送他的。」我說。

「不是，」奎克說：「他是從我老爸手上買的。」馬車繼續前進。「他們一定是沒聽說橋的事。」他說。

「他們到底為何要來這兒呀？」麥卡倫問。

「我想大概是埋了他妻子之後，打算度個假吧。」奎克說。

「往城裡去的吧，我想，涂爾那邊的橋也沒了。我懷疑他們根本沒聽說橋的事。」

「那他們得飛過去了，」我說：「我不認為此地和伊什塔瓦河口之間，還有任何一座橋是好的。」

他們馬車裡還擱著一個東西。不過奎克三天前就參加過喪禮了，我們自然沒多想，只當作他們離家出發的時間太晚，又還沒聽說橋的事。「你最好去叫他們停下來。」麥卡倫說。該死，我就快想出他的名字了。結果還是奎克喊了，他們停下，然後他走去馬車邊跟他們說了。

奎克和他們一起回來。「他們要去傑佛森，」他說：「涂爾那邊的橋也沒了。」講得好像我們不知道一樣。他的表情看起來有點滑稽，尤其是鼻孔周邊，而他們就坐在那兒，那位邦德倫、那個女孩，還有一個小傢伙坐在馬車座位上；另外還有凱許和那個二兒子，也就是大家議論紛紛的那位，這兩人坐在後擋板的木板上；還有一位騎在斑點馬上。但我猜當時他們一定是對大雨帶來的慘況麻木了，因為當我告訴凱許，他們得重新回到新希望鎮，以及他們最好能怎麼做時，他只說：「我相信我們到得了。」

我不是愛管閒事的人。大家喜歡怎麼幹就怎麼幹吧，我總這麼說。不過因為我跟瑞秋談起，他們沒個專業的人能為她的進行屍體處理，現在又已經七月，凡此種種，所以還是決定回到穀倉，就希望能勸勸邦德倫。

「我承諾過她了，」他說：「她的心意已決。」

我發現像他這樣一個懶男人，這樣一個痛恨移動的男人，一旦真的動身出發後，就真的是鐵了心，就跟他當初堅持不動一樣，彷彿他真正痛恨的不是移動本身，而是「啟程」和「停止」。而且只要發生什麼事，搞得就連光是移動或坐著都很艱辛，他就會有點驕傲的模樣。他待在馬車上，背駝得老高，眼睛眨呀眨，聽我們說那條橋一下子就被沖走，水又漲得有多高，而不令人驚訝的是，他表現得還真有點得意洋洋，彷彿是他本人讓河水漲那麼高一樣。

「你說從沒見過河水漲那麼高嗎？」他說。「上帝的旨意將受奉行，」他說。「我猜河水就算到明天早上也不會退下多少。」他說。

「你今天最好待在這裡，」我說：「明天一大早就出發去新希望。」我真是可憐那兩頭骨瘦如柴的騾子。我告訴瑞秋，我說：「哎呀，天都黑了，妳要我丟著他們不管嗎？他們可是離家八英里遠呀。我還能怎樣呢？」我說。「就一個晚上，他們就待在穀倉裡，而且天一亮絕對就出發。」所以我跟他說：「你們今晚待在這裡，明天一大早就可以回新希望。我這裡工具足夠，你兒子如果願意，晚餐後立刻能先行出發，挖好墓穴在那兒等你。」然後我發現那個女孩盯著我看。如果她的雙眼是手槍，我現在已經說不了話。那雙眼睛絕對是在對我噴出怒火。

我走去穀倉。當我接近他們時，她因為講得太投入，沒發現我已經來了。

「你承諾過她了，」她說：「她是因為你答應才甘願死的。她以為可以信賴你。你若不做一定會遭天譴。」「沒人能說我不打算遵守諾言，」邦德倫說：「我的心意向來不怕人檢視。」

「我才不在乎你的心意。」她說。她講話很小聲，算是吧，速度也很快。「你承諾過她了。你得做到。你——」她看到我後沒再說話，就是站著。如果她的雙眼是手槍，我現在已經說不了話。我就這麼開始跟他談這件事，他說：

「我承諾過她了。她心意已決。」

「但在我看來，她應該也會希望把媽埋在近一點的地方，這樣她才能——」

「我承諾的是愛笛，」他說：「她心意已決。」

所以我要他們先把馬車停進穀倉，因為暴雨即將再次落下，而晚餐就要準備好了。但他們就是不想進去。

「多謝你了，」邦德倫說：「我們不想麻煩你。我們帶了一些食物裝在籃子裡。還算過得去。」

「好吧，」我說：「既然你們如此在意家中女性，我得說我也是。要是有人在用餐時間來到我們家，卻不願進來一起用餐，我妻子會覺得受辱。」

於是那女孩走進廚房幫瑞秋備餐。接著珠爾也跟我走進穀倉內。

「當然，」我說：「頂間的糧草你自己拿。餵騾子時也餵餵你的馬。」

「我想付錢給你。」他說。

「有什麼必要呢？」我說：「男人餵他的馬，天經地義，我不會放在心上。」

「我想付錢給你。」他說；我以為他是要額外付錢買些什麼。

「你還需要什麼嗎？」我問：「這匹馬不吃乾草和玉米嗎？」

「就是得額外多餵些，」他說：「我總會稍微多餵牠一點，但不想要牠虧欠誰。」

「我不會讓你用錢從我這兒多買糧草的，孩子，」我說：「如果牠能把頂間糧草吃光，我明天早上就幫你把整座穀倉的糧草運上車。」

「牠從來不虧欠任何人的，」他說：「我寧願付你錢。」

若我也全然照我的心意做事，你根本不會站在這兒囉嗦了。我好想這麼說，但最後只說，「那現在確實是牠開始欠人情的好時機。我不會讓你用錢買我的糧草。」

瑞秋把晚餐送上桌後和那個女孩先去鋪床。但他們沒一個人願意進屋。「她死了也夠久了，之前那些蠢想法也該丟下了。」我說。我向來跟任何人一樣尊重死者，但你也得尊重死者本人的狀態呀，而面對一個躺在棺材中死了四天的女人，最能表達尊重的方法，就是儘快把她下葬。但他們就是不肯。

「這樣做不對，」邦德倫說：「當然，如果兒子們想去床上睡，我想我能自己待在她身旁。我不會為此怨恨她的。」

所以當我回去看時，他們全都蹲在馬車旁的地上，每個人。「那至少讓那個小傢伙進來睡一下吧，」我說：「妳最好也進屋，」我對著那女孩說。我不是想管他們的閒事。而且據我所知，我之前絕對沒冒犯過她。「他已經睡著了。」邦德倫說。他們已經把他放在一個空廄位的食槽內，哄睡了。

「好吧，那妳進來吧。」我對她說。但她仍一個字也不肯說。他們就這樣蹲在那裡。你幾乎無法看清他們的臉。「你們這些男孩子呢？」我問：「你們明天還有一整天的路要趕呢。」過了一會兒，凱許才開口，「謝謝你了。但我們這樣還行。」

「我們不欠人情，」邦德倫說：「我誠心謝過你了。」

所以我只好留他們在那裡蹲著。我想都過了四天，他們大概也習慣了。但瑞秋可受不了。

「真是太不像話了，」她說：「太不像話。」

「他又能怎麼辦呢？」我說：「他都已經承諾她了。」

「誰在講他了？」她說：「誰在乎他呀？」她哭叫著說：「你和他還有世上所有男

人，不但折磨活著的我們，還在我們死後拖著我們的屍體到處跑，我只希望——」

「好了，好了。」我說：「妳只是心情不好。」

「不准你碰我！」她說：「我不准你碰我！」

男人總是搞不懂女人。我和同一個女人生活了十五年，卻真的一點也搞不懂。我可以想像我們之間還有很多意見不合的地方，但真沒想到會為了一具放了四天的女人屍體吵架。但是她們就是這樣，硬要把生活過得很苦，而不肯像男人一樣順其自然。

所以我就是躺在那兒，聽著雨開始落下，想著待在穀倉的那夥人，他們就這樣蹲在馬車周圍，同時雨打在屋頂上；我還想到瑞秋在那邊哭，過了一陣子後，雖然她已睡著，我卻彷彿還能聽到她的哭聲，甚至在知道不可能的同時，仍覺得聞到了屍體的氣味。即便在當時，我仍無法確定自己可不可能聞到，又或者我不只是確信自己聞到了，而是那氣味確實存在。

所以隔天早上我沒去穀倉。我聽到他們開始套馬，接著等我意識到時，他們一定是準備好要出發了；我走到屋前，沿路往橋的方向走，才聽到馬車從院子出發並往回走向新希望的聲響。接著我回到屋內，瑞秋對我大發脾氣，因為我沒起床說服他們一起用早餐。就在你以為她們是某個意思，於是據此維持原本判斷，那就百分之百要倒大楣，還可能因為把她們的話當真而挨上一頓鞭子。

但我仍覺得能聞到那股氣味。所以我認定自己不是聞到，而是確信那股氣味的存在，你偶爾就是會因為內心確信而搞錯。不過在走向穀倉時，我發現情況有異。我一走進穿廊，就看到一個東西。那東西似乎屈身蹲在地上，我一開始以為是他們哪個人沒搭上車，接著我知道是什麼了。那是一隻禿鷹。那隻禿鷹環視四周，看到我，然後繼續走向穿廊，大搖大擺，翅膀有點壓低往外展開的模樣，先是從一邊轉頭看我，接著轉向另一邊看我，像名禿頭的老男人。等到室外之後，牠飛了起來，但因為身體厚重，又浸滿雨水，得花很長一段時間才能飛到天上。

如果他們下定決心要去傑佛森，我想他們可以像麥卡倫一樣繞過佛爾農山鎮。他大概要後天才會騎馬到家。而當時他們距離城裡還有十八英里。但說不定那條橋也被沖掉的事實，能讓他懂得主的智慧及判決。那個麥卡倫呀。他已經跟我這間店斷續交易來往十二年了。我打從他小時候就認識他；我對他的名字跟自己的名字一樣熟。但老天呀，偶爾一時還叫不出來呀。

杜葳・戴爾

路標出現在視線範圍內。此刻它面朝大路，因為耐得住等待。新希望，三英里，上頭一定是這樣寫的。接著那條路會在我們面前展開，一路蜿蜒入樹林中，空盪盪地等著，訴說著新希望還有三英里路。

我只能聽別人說母親死了。我多希望有時間去接受她的死。我希望我有時間去希望自己有時間。因為在這片荒唐又不像樣的大地上，一切都太快太快太快。不是我之前不願意，也不是我之後不願意，而是一切都太快太快太快。

此刻路標開始訴說：新希望，三英里。新希望，三英里。**這就是他們所謂的醞釀：骨架被撐開的痛苦及絕望，硬挺束腹下正因先前受辱而發生一連串變化。**我們接近路標時，凱許的頭緩慢轉了過來，他那張臉蒼白、空茫、悲傷、自制但又充滿疑問，隨著那條空蕩蕩的紅色蜿蜒道路轉動；珠爾騎著馬跟在後輪旁，雙眼直直凝望著前方。

土地從達爾眼中流失；他的眼神全成為晃動而細碎的小點。這些小點從我腳邊開始，沿著我的身體爬升到我的臉龐，我的洋裝就在這樣的注視下消失了：超越了不疾不徐的騾子，超越了勞苦，我彷彿裸體般坐在座位上。若我叫他轉彎，他一定會照做。難道你不知道他會照我的話做嗎？之前某次我醒來，黑暗的空無在我底下流動。我看不到。我看到瓦達曼起身走到窗邊，拿刀去砍魚，鮮血大量湧現，還如同蒸氣般嘶嘶噴出，但我看不到。他會照我的話去做。他總是這樣。我可以說服他去做任何事。你知道我可以。只要我叫他往這條路轉。那次也就是我死掉的時候。假如我這麼做。我們就會前往新希望。我們就不用進城了。我起身，從還在嘶嘶噴流血水的魚身上拔起刀來，殺了達爾。

我之前跟瓦達曼一起睡時做過一個噩夢我以為我醒著但看不見也沒感覺我感覺不到身體底下的床也無法想起自己是什麼我無法想起我的名字甚至無法想起自己是個女孩我甚至無法想起我也甚至無法想起我要醒來也不記得跟清醒相對的是什麼所以我可以做的就是我知道有些什麼經過了但我甚至無法想起時間接著一瞬間我知道有些什麼

那是風從我身上吹過那就像是風來了將我從風之處吹了回來我沒有對房間吹風而瓦達曼還在睡而他們所有人都回來了都再次出現在我下頭彷彿一條冰冷絲綢橫擺在我裸露的腿上拖曳著。

冷風從松樹林深處吹出，穩定發出一種憂愁聲響。新希望。只有三英里。只有三英里。我相信上帝我相信上帝。

「我們為什麼不去新希望呢？爸？」瓦達曼問：「山姆森先生說我們該去新希望，但我們過了那條路口了。」

達爾說：「看呀，珠爾。」但他沒看著我。他看著天空。禿鷹還在上頭，彷彿被釘在那裡一樣。

我們轉入涂爾家的小路。我們經過穀倉後繼續前行，輪子在泥水中發出窸窣聲響，我們經過在狂放土地上一排排綠色的棉花植株，身影小小的佛爾農正在遠處田地的犁具後方。他在我們經過時抬起手揮了揮，接著站在我們身後，好一段時間望著我們的背影。

「看呀，珠爾。」達爾說。珠爾坐在他的馬上，一人一馬都好像用木頭打出來的一樣，就這麼直直看著前方。

我相信上帝，上帝呀。上帝呀，我相信上帝。

涂爾

等他們經過之後，我把騾子從犁上解下，把拉車繩打好幾個結，跟上。我趕上他們時，他們正在堤岸末端。安斯坐在那兒，就這樣看著那座早已傾頹入河水，現在只剩下兩端可見的橋。他看著橋的眼神彷彿始終相信大家不過是謊稱橋沒了，而且始終希望橋還能用。他看起來很震驚，但又有點滿意，就這樣穿著他的西裝褲坐在馬車上，嘴裡喃喃自語。看起來像匹沒有打理整潔卻決定盛裝的馬，我也不知道該怎麼形容。

那個小男孩正盯著橋看，橋的中間已沉入水中，還有圓木之類的東西漂流其上，橋剩下的部分又是搖擺又是抖動，彷彿一切隨時會被水席捲一空。他張大眼睛看著這一切，彷彿是去馬戲團看表演。那個小姑娘的表情也一樣。當我接近時，她轉頭看我，雙眼似乎冒出怒火又嚴厲起來，彷彿我剛剛想非禮她似的。接著她又望向安斯，再回去盯著河水。

水幾乎已經要湧到兩側提岸上緣，大地已經看不清模樣，只剩下通往橋的那一小片土地舌頭般吐出，接著隱沒入水中，除非是知道這條路跟橋以前的模樣，不然現在根本沒人能分辨哪裡算是河、哪裡又算是岸。反正就是亂糟糟的一大片黃，而堤岸不比刀背要寬，停在上頭的我們只能待在馬車、馬和騾子上。

達爾正看著我，接著凱許也轉頭看來看我，眼神就像那個晚上在計算她的棺材得用上幾塊木板，彷彿他正在腦中測量，而且沒打算邀請你說出心中所想；就算你真說出口了，就算說的話被好好聽進去了，他甚至也完全不會表現出聆聽模樣。珠爾沒動。他坐在馬背上，身體微微往前傾；他和達爾昨天經過我家房子，準備回去運送她的棺木時，臉上表情就跟現在一樣。

「若水才剛漲起來，我們可以直接駛過去，」安斯說：「我們可以直接把馬車駛過河。」

偶爾會有塊圓木會受到推擠，越過那堆堵塞住河道的殘骸往前漂浮，又是翻滾又是打轉，而我們能看著圓木一路漂到原本是淺灘的位置。它會在那裡慢下來，前後左右地打旋，就這麼在水中停滯一陣子，而你能藉此認出那是淺灘之前所在的位置。

「但那裡什麼都看不出來，」我說：「可能只是一整片流沙剛好積在那裡。」我們盯著那塊圓木。接著那個小姑娘又再次轉頭瞪我。

「惠特菲爾德先生之前有渡過這條河。」她說。

「他是騎馬過去的，」我說：「而且是三天前。這幾天河水又升高了五英尺。」

「要是橋還在水面上就好了。」安斯說。

那塊圓木在水中浮沉了一陣子，之後再次往前漂。水中有很多垃圾和泡沫，你可以聽見水流拍打推擠的聲響。

「但都已經在水面下了。」安斯說。

凱許說：「要是夠小心的話，我們可以直接踩著那邊的板子和圓木走過去。」

「但那樣根本無法運任何東西過去，」我說：「很可能腳下才剛踩到些什麼，那些東西就又被沖走了。你想的什麼餿主意呀？達爾？」

他正盯著我看。他什麼都沒說；只是用他那種總讓人議論的古怪眼神看我。我總說他的言行向來不比他看人的方式更有影響力。彷彿他不知怎地就是能看穿你。就像你正透過他的雙眼看著自己及自己的作為。接著我能感覺到，那個姑娘就像是我剛剛想非禮她一樣地瞪著我瞧。她對安斯說了些什麼。「……惠特菲爾德先生……」她說。

「我承諾過她了，吾主在上，」安斯說：「我想沒什麼必要擔心。」

但他仍沒動手趕騾子。我們就這麼坐在水邊。另一塊圓木浮沉漂過堵塞的堆積殘骸往下漂；我們盯著它看，那塊圓木在淺灘之前存在的地方擺動、速度慢下一陣子，接著又往下漂。

「今晚水位可能會下降，」我說：「你們可以晚一天再出發。」

接著珠爾把馬調轉往側邊。他一直到此時才有動靜，接著他轉頭看我。他的表情有點發青，轉紅後又再次發青。「給我滾回去犁地吧，」他說：「到底是誰要你跟我們來這裡呀？」

「我沒惡意。」我說。

「閉嘴，珠爾。」凱許說。珠爾回頭繼續盯著河水，一臉咬牙切齒，他的臉色轉紅、發青後又轉紅。「總之，」凱許過了一陣子後開口，「你打算怎麼做？」

安斯沒說話。他駝背坐著，口中喃喃自語。「如果橋在水上就好了。我們就可以直接駛過去。」他說。

「我們走吧。」珠爾讓馬往前走了幾步。

「等等。」凱許說。他盯著橋看。我們都看著他，只有安斯和那姑娘盯著河水看。「杜葳・戴爾、瓦達曼和爸最好沿著橋走過去。」凱許說。

「佛爾農可以幫他們走過去，」珠爾說：「然後我們可以把他的騾子套在我們騾子前面，幫忙一起拉車。」

「你們不能把我的騾子帶進那種水流裡。」我說。

珠爾盯著我。他的雙眼看起來像摔碎的盤子。「我付錢買你那頭該死的騾子行吧。我現在就把牠買下來。」

「那種河水，我的騾子才不下去。」我說。

「珠爾都會用他的馬幫忙拉了，」達爾說：「你為什麼不願讓你的騾子冒個險？」

「閉嘴，達爾，」凱許說：「你和珠爾都閉嘴。」

「那種河水，我的騾子才不下去。」我說。

達爾

他坐在馬上，氣沖沖瞪著佛爾農，細瘦的臉及那雙蒼白剛硬的雙眼滿是簡直要溢出來的怒氣。就在他滿十五歲的夏天，他突然像被施法一樣睡個不停。某天早上我去餵騾子，乳牛還在牛欄裡，我聽見爸回到屋內去叫他。等我們回屋內吃早餐之後，他經過我們身邊，手上拿著擠奶桶，沿路彷彿喝醉般跌跌撞撞，等我們把騾子套上犁，他還在擠奶，於是我們沒帶上他就去田地工作。我們在田裡工作了一小時，他卻一直沒出現。當杜葳．戴爾帶了我們的午餐來時，爸派她回去找珠爾在哪。結果他們發現他在牛欄，坐在矮凳上，睡著了。

在那之後，爸每天早上都會來叫他起床。他會在吃晚餐時打瞌睡，一吃完就爬上床，等我準備上床睡覺時，他就已經像個死人一樣躺在那裡了。即便如此，爸隔天早上還是得叫他起床。他會起床，但意識幾乎清醒不到一半：他會站在那裡聽爸嘮叨抱怨，一聲也不吭，接著提擠奶桶去穀倉，某次我發現他直接睡在乳牛旁，桶子就放在擠奶的位置，裡頭半滿，他雙手的手腕以下都泡在牛奶裡，頭則靠在乳牛肚子邊。

之後只好換杜葳．戴爾去擠奶了。他仍在爸叫他時起床，用那種迷茫狀態去做我們要他做的事。就彷彿他已經很努力嘗試去做了，而且就跟其他人一樣對現狀感到迷惘。

「你是病了嗎？」媽問：「你還好嗎？」

「還好，」珠爾說：「我感覺還好。」

「他只是懶，就是想惹惱我而已。」爸說，而珠爾就在那兒站著睡著了，彷彿他是躺著一樣。「是吧？」他又把珠爾叫醒後問他。

「不是呀。」珠爾回答。

「你休息一天吧，今天就待在家裡。」媽說。

「那塊河灘地還得整一整，怎麼休息？」爸說：「如果你沒病，那到底是怎麼了？」

「沒事，」珠爾說：「我沒問題。」

「沒問題？」爸說：「你正站著睡覺耶。」

「沒有，」珠爾說：「我沒問題。」

「我希望他今天待在家裡。」媽說。

「我需要他幫忙，」爸說：「人手已經夠緊了，就算我們全部上工都有點勉強。」

「你只能靠著凱許和達爾的幫忙盡量幹了，」媽說：「我要他今天待在家裡。」

但他自己也不願意。「我沒問題。」他堅持跟去。但他才不是沒問題，任何人都看得出來。他開始變瘦，我曾看到他在給棉花除草時睡著；而且是直接目睹那把鋤頭上下揮動得愈來愈慢，弧線愈來愈短，最後終於停下，而他就毫無動靜地靠在鋤頭上睡去，就在炎熱燦爛的大太陽底下。

媽想找醫生來，但爸絕非必要時不肯花錢，而珠爾除了變瘦和隨時能睡著之外，其他時候確實沒什麼問題。他吃得很夠，只是會吃著吃著把臉睡進盤子裡，嘴巴裡還有半塊麵包掛在唇邊，下巴還在咀嚼。但他仍發誓自己沒問題。

是媽要求杜葳・戴爾去幫他擠奶，可能有私下付錢給她之類的，至於原本在晚餐之前由珠爾負責的工作，她也想辦法讓杜葳・戴爾和瓦達曼分著做了。若爸不在場，她還會親自幫他做。她會替她準備特殊食物，而且為他遮掩。那或許是我第一次發現愛笛．邦德倫竟然需要遮掩自己的作為，明明她之前曾試圖教導我們，在這樣一個世界中，沒有什麼比欺騙更糟糕的罪行，就連貧窮也比不上。有些時候我進房準備睡覺，會在黑暗中看到她坐在睡著的珠爾身邊。我知道她痛恨自己欺騙，也痛恨珠爾，因為她不得不愛他，也因此不得不做出欺騙的行為。

某天晚上她病了。我到了穀倉，把車騾套好，準備去涂爾家找人幫忙時，卻找不到提燈。我記得前晚曾看到提燈掛在釘子上，但此刻明明是午夜，提燈卻不在。所以我只好在一片黑暗中上路，到了涂爾家，然後在天剛亮時把涂爾太太載了回來。此時提燈卻在那兒，就掛在我明明記得掛了提燈卻找不到的那根釘子上。然後有天早上，杜葳．戴爾在天快亮前擠奶時，珠爾從後方進了穀倉；他是從後牆的一個洞鑽進來的，手裡還拿著提燈。

我告訴凱許，然後和凱許兩人面面相覷。

「看來是發情了。」凱許說。

「沒錯，」我說：「但為什麼要帶提燈？而且是每天晚上。難怪他會瘦。你打算去跟他談談嗎？」

「不會有好處的。」凱許說。

「他正在做的事對他也沒好處。」

「我知道。但他得自己領悟。給他一點時間明白，慾望終究會變得無關緊要，明天還會有多要緊事得幹，然後他就沒事了。我不會跟任何人講，我是這麼想的。」

「沒錯，」我說：「我叫杜葳．戴爾也別說。至少別跟媽說。」

「沒錯，別跟媽說。」

之後我覺得一切實在荒謬極了：他總是睡得跟死人一樣，還對此表現出又是困惑又是樂意的模樣，明明整個人瘦得像根豆苗攀竿，還自以為隱藏得很機靈。我很想知道對方是哪家女孩。我把所有認識又有可能的人都想過一遍，但就是無法確定。

「我想不是女孩子，」凱許說：「一定是哪來的某位已婚婦女。年輕女孩不可能這麼大膽，還願意跟他好上這麼久。這就是我受不了的地方。」

「為什麼？」我說：「若是已婚婦女，對他來說還比較安全。小女孩比較沒判斷力。」

他看著我，眼神飄來飄去，正在思索即將說出口的話該如何措詞。「這世界上呢，所謂安全的事，人不總是……」

「你的意思是，安全的不見得是最好的？」

「唉，這所謂最好的，」他再次小心揀選用詞。「對他而言有好處的，就不會是最好的……對他這樣一個男孩而言。我們實在不太樂意看到……有人沉迷於他人的麻煩事……」這就是他想表達的。當某件事是新的、困難的，而且明亮動人，那就一定有些不僅是安全之處；因為安全的事代表很多人長久以來都這麼做，鋒利稜角早給磨光，因此幹這事時，早已沒什麼機會讓一個男人說出：這就是前無古人，後無來者的事。

所以我們沒揭穿他。即便一陣子之後，他根本沒時間回家，或者只是假裝整晚躺在床上，其實根本直接在我們下田時才突然出現上工，我們也沒揭穿他。他會告訴媽他不餓，或者早在套車騾時吃過一片麵包之類的。但凱許和我很清楚，他那些夜晚根本不在家，是直接從樹林跑到田裡上工。但我們沒揭穿他。當時夏天快結束了；我們知道等夜晚開始變涼，就算他不願意，對方也會停止這段關係。

但儘管秋天來了，夜晚開始變長，改變的卻只有爸又得開始叫醒躺在床上的他，而等他終於起身時，狀態就跟一切剛開始一樣：他幾乎像半個傻子，比之前整晚熬夜還慘。

「她還真有毅力，」我跟凱許說：「我以前只是欣賞她，現在可尊敬她了。」

「他找的不是女人。」他說。

「你又知道了，」我說，但他還是盯著我看。「那會是什麼？」

「我打算查出來。」他說。

「你若願意，可以整晚跟蹤他走過樹林，」我說：「我可沒打算這樣。」

「我沒打算跟蹤他。」他說。

「那你要怎麼確定？」

「我沒打算跟蹤他，」他說：「我說的不是那個意思。」

又過了幾個晚上，我聽見珠爾起床爬出窗戶，接著又聽到凱許起床跟上去。隔天早上，我去穀倉，凱許已經在那兒了，騾子早被餵得飽飽的，而他則在一旁幫杜葳・戴爾擠奶。我一看到他，就知道他查明真相了。我時不時會發現他以古怪的眼神望向珠爾，彷彿他已經發現珠爾去了什麼地方，也知道了他的作為，因此終於知道該怎麼想他了。不過那不是擔憂的神情；而是當我發現他在家裡替珠爾幹活兒，就是那些爸以為珠爾有做，或者媽以為杜葳．戴爾有在做的活兒時，他臉上會出現的那種神情。所以我什麼也沒跟他說，相信他在心裡把資訊消化完後會告訴我。但他始終沒說。

到了十一月的某個早晨，距離珠爾發作已經五個月後，我們發現珠爾不在床上，也沒來田裡和我們一起工作。這是媽第一次知道事情不對勁。她派瓦達曼去找珠爾，過了一陣子後，她自己也去找了。一旦欺騙的意念始終靜默、單調地流淌在我們之間，所有人彷彿就任由自己繼續受騙，或者無意識地參與騙局，或者就是出於懦弱；畢竟我們都很懦弱，也自然偏好任何變節舉動，因為這類舉動往往批著溫和無害的外衣。不過現在就彷彿出於某種恐懼浮現後的心電感應，我們將一切掀開了，就像掀開床上的床罩，發現我們全都赤裸裸地坐在床上，面面相覷，口中說著：「現在是說出真相的時候了。他一直沒回家。他出事了。是我們讓他出事了。」

接著我們看見了他。他沿著水溝過來，接著一轉身直直往田裡去，就騎著他的馬。馬的鬃毛和尾巴飄動著，彷彿透過動態展現皮毛上的斑點紋路：他看起來就像騎著一座大型風火輪，沒坐鞍，只用一條繩子當馬勒，頭上也沒戴帽子。弗雷明．史諾普斯在二十五年前帶來一批德州馬，用一匹兩塊錢的價格拍賣，但只有隆恩．奎克抓到他買的那匹，而且現在還擁有其中幾匹後代；這些馬連送都沒人要，而珠爾騎的正是其中一匹。

他騎著馬飛馳而過，之後勒馬停下，腳跟緊緊抵著馬的肋骨，那匹馬又是跳動又是旋轉，彷彿無論是鬃毛及尾巴的形態，以及皮毛上的斑點，都跟底下屬於馬的骨頭血肉毫無關聯。他就坐在馬背上望著我們。

「你從哪搞來這匹馬？」爸問。

「買來的，」珠爾說：「奎克先生賣我的。」

「買來的？」爸問：「用什麼買？你是以我的名義賒帳嗎？」

「我用的是自己的錢，」珠爾說：「我賺來的錢。你不用擔心。」

「珠爾呀，」媽說：「珠爾呀。」

「沒事的，」凱許說：「錢確實是他賺來的。他把奎克去年春天買來的四十英畝地整好了，而且是晚上帶著提燈，單槍匹馬幹完所有活。我親眼看到的。所以我不認為除了珠爾之外，這匹馬花到了任何人的錢。我不覺得我們需要擔心。」

「珠爾呀，」媽說：「珠爾呀……」接著她說：「你現在就給我進屋睡覺。」

「還不行，」珠爾說：「我沒時間。我還得買副馬鞍和馬勒。奎克先生說他……」

「珠爾呀，」媽盯著他看。「我願意給──我願意給……給……」

然後她哭了起來。她哭得好用力，也沒把臉遮起來；她就穿著一身褪色的室內袍站在那兒，眼睛盯著他，而他則騎在馬上低頭看她，表情逐漸變得冰冷又有點厭煩，最後快速把眼神別開。凱許走過來拍了拍她。

「進屋去吧，」凱許說：「這裡的地對妳而言太溼滑了。妳進去吧，現在就去。」她此時才用雙手遮臉，過了一陣子後往屋子走，經過犁溝時腳步有點顛簸，但又立刻振作起來繼續走，沒有回頭。當她走到水溝邊，停下腳步喊了瓦達曼。他正盯著馬看，因為那匹馬而顯得躍躍欲試。

「讓我騎騎看嘛，珠爾，」他說：「讓我騎呀，珠爾。」

珠爾看著他，然後別開眼神，把韁繩拉緊。爸看著他，嘴唇一開一闔地喃喃自語。

「所以你買了匹馬，」他說：「你背著我去買了匹馬。你完全沒問我的意見；你明知為了勉強度日，我們的人手已經夠緊了，但你還是買了一匹得張口吃飯的馬。甚至不惜耗損自己的血肉體力去換一匹馬。」珠爾看著爸，眼珠子的顏色從未這麼蒼白過。「牠不會吃你一口糧草，」他說。「一口也不會。若牠吃了，我會先殺掉牠。你永遠別想碰牠。想都別想。」

「讓我騎嘛，珠爾，」瓦達曼說：「讓我騎呀，珠爾。」他的聲音聽起來就像草中的蟋蟀，而且是隻小蟋蟀。「讓我騎呀，珠爾。」

那天晚上，在一片黑暗中，我發現媽坐在珠爾熟睡的床邊。她哭得好用力，或許也因為不能哭出聲來；或許眼淚帶給她的感受就跟欺騙一樣，她痛恨自己這麼做，也因為必須這麼做而痛恨他。接著我發現自己想通了。就像那天我發現杜葳．戴爾的祕密一樣，一切都是那麼簡單明白。

涂爾

終於他們逼安斯說出他的規劃，於是他、姑娘和男孩下了馬車。但即便我們走在橋上時，安斯還是不停回頭，彷彿以為只要下了馬車，眼前一切或許就會灰飛煙滅，然後他會發現自己身處家中的田地，而她正躺在屋內等死，一切又會從頭再來一遍。

「你得讓他們用你的騾子。」他說。整座橋在他們腳下震動、搖晃，那種往奔騰河水中沉沒的態勢，彷彿就像要穿越到地球另一面；橋的另一端逐漸從水面升起，看起來跟原本完全不是同一座橋，他們若沿著那段橋面走出河水抵達彼岸，一定像是從地球另一面而來。不過這座橋仍是個整體；你之所以看得出來，是因為當這端往下傾頹時，另一端看起來完全沒有傾頹的跡象：對面的樹及河岸，就像大鐘的鐘擺一般，在我們面前來回悠然擺動。那些圓木刮擦過橋體，碰撞到沉沒的橋身，接著一端傾斜翹出水面，噴射而出，跌落後朝著淺灘處漂去，滑溜、旋轉，又打出許多泡沫，等待著。

「那樣做有什麼好處？」我問：「如果你的車騾無法找到淺灘並把整座馬車拖過去，就算是有三頭騾子或十頭騾子又有什麼用？」

「我不是在要求你，」他說：「我總是可以為我和我的家人付出。我不是要求你拿你的騾子來冒險。死的畢竟不是你的親人；我不是在怪你。」

「他們應該要回頭，待到明天再出發。」我說。河水很冷，而且厚重，彷彿細碎的流冰，只是比流冰更像活物。你一方面知道那只是河水，就是一直以來在這座橋底下流動的河水，但就算有圓木不停遇上阻塞後噴射出來時，你也不是很驚訝，彷彿那些木頭本來就是河水的一部分，是一切等待及威脅的一部分。

當我們過了河，再次離開水面，腳下踩到堅實土地時，我竟然感到驚訝。彷彿我們沒有預料到橋會終結在對面河岸，而且是這麼安全無害的堅實土地，是我們之前就曾踩在腳下，而且非常熟悉的堅實土地。彷彿我根本不可能出現在這裡，因為我應該更有腦子一點，而不是做出剛剛那檔事。而當我回望向原本河岸，看到我的騾子站在原本身處那側，也就是我知道之後必須想辦法回去的那側時，我知道是不可能了，因為我想不出任何能過橋的方法，就連一次也不行。但我已經在這兒了，而要是有人能逼自己走過這條橋兩次，總之一定不是我，就算是寇拉來催逼也不行。

那個男孩來了。我說：「來；你最好抓住我的手。」他等了一下，把手伸向我。他看起來真像是回來接我一樣，彷彿也在說：這一切都不會傷害你；彷彿他正在描述一個他所知道的好地方，在那個地方，耶誕節會連同感恩節來上兩次，而且持續整個冬天、春天和夏天，而若我跟他待在一起，一切都不會有問題。

當我回頭看向我的騾子時，他就像那種小型望遠鏡，我只要透過看他站在那兒，就能看到我流汗工作換來的所有廣闊土地，還有在土地上的那棟房子；而且只要汗流得愈多，土地就彷彿愈寬廣；汗流得愈多，房子就愈牢固；因為房子要夠牢固才能把寇拉盛裝好，才能讓寇拉像一玻璃罐分裝好的牛奶；你要不就是得擁有牢固的玻璃罐，要不就是泉水的流動要夠強，因為若你的水流夠壯盛，就沒什麼必要去擁有那些牢固、堅實的罐子了[16]；反正那些全是你的牛奶，無論是否酸了都是你的；因為你寧

16 那時候沒有冰箱，牛奶裝在玻璃罐後會放在泉水中保持低溫。若水流夠強，水溫才不會太高。

願擁有多到可能酸掉的牛奶，也好過少到沒機會酸掉的牛奶；因為你是個男人。

他握住了我的手，他的手溫熱、篤定，所以我的樣子是這樣：看看現實呀。你難道沒看到對岸那頭騾子嗎？他始終沒必要出現在這兒，所以也一直沒來，就是乖乖當一頭騾子。每個人總偶爾明白，小孩子其實比自己更有智慧，只是在老得長出鬍鬚前都不樂意向自己承認。等他們老到長出鬍鬚之後，他們又太忙，因為不知道是否還有機會回到那個身上長出成熟毛髮之前的睿智階段，所以當有人出現跟你過往一樣的擔憂時，你也不再避諱承認，那些其實全是不值得擔憂的事。

接著我們全渡過河了，一起站在岸邊，看著凱許把馬車調頭。我們望著他們沿著來時路離開，抵達轉向窪地的那條路。過了一陣子，馬車就看不見了。

「我們最好先去淺灘那邊準備幫忙。」我說。

「我向她承諾過了，」安斯說：「這對我來說是神聖的。我知道你對此有怨，但她在天堂會庇佑你的。」

「好吧。但他們在冒險衝入水中之前，可得先停止繞遠路才行，」我說：「怎麼這麼慢。」

「都是因為調頭的緣故，」他說：「調頭只會碰上厄運。」

他站在那裡，駝著背，一臉哀戚，看著搖盪、擺動的橋後方那條空蕩蕩的道路。那個小姑娘也一樣，只是一隻手臂還挽著午餐籃，另一隻手臂夾著那個包裹。這夥人就是要進城呀。還真是下了決心。他們大概也會為了吃一袋香蕉，去冒火災、土難、水禍及種種一切風險。「你們應該待一天再過河，」我說：「水位到了早上會下降。今晚應該不會再下雨。水位不可能更高了。」

「我承諾過她了，」他說：「她就指望我了。」

達爾

厚重、陰暗的水流在我們面前滾動著，陣陣來自深處的水聲潺潺逐漸變得永無休止、聲勢壯盛，泥黃水面的小渦紋變成誇張且時強時弱的漩渦，就這麼沿著水面前進了一陣子，靜默、短暫，卻又彷彿無比深奧，彷彿緊貼著水面的底下，有些什麼巨大活物瞬間懶洋洋地警醒起來，但又再次陷入酣眠。

水流敲擊著輪輻，同時發出潺潺聲響，高度大概到騾子膝蓋，泥黃色的水因為漂浮的殘骸不停冒出渣垢，時不時還有一陣陣混了泥土的泡沫湧出，彷彿河水正在流汗，彷彿一匹奮力而揮汗如雨的馬。水流穿越矮樹叢時發出一種憂愁的聲響，一種冥思的聲響；那些伸展不開的莖枝和幼苗，彷彿受到短暫一陣強風吹拂而彎了腰，但搖晃身影沒映出倒影，姿態就像給無形細線吊在頭頂枝幹上。在永無休止流動的水面上，直插著一些失根樹木、莖枝和藤蔓，全是從岸邊捲斷下來的，在這樣一個廣闊卻又受限的孤絕場景上，它們如同鬼魅漂浮，周遭全是漂浮著廢棄物的水流哀鳴。

凱許和我坐在馬車上；珠爾則騎著馬跟在右後輪旁。那匹馬在打顫，在牠那張細長的粉色臉上，一隻淡藍色眼睛不停轉動，鼻息如同呻吟般發出類似打鼾的哼嗆。珠爾的身體挺得很直，姿態沉著，雙眼安靜、平穩地望著前方，所有動作迅速確實，臉色冷靜但仍有點蒼白、警戒的樣子。凱許的表情也一樣嚴肅、沉著；他和我意味深長地對看了一陣子，那眼神能毫不受阻地沖破彼此雙眼，直驅入終極之祕密所在，於是有那麼一瞬間，凱許和達爾兩人就在那兒，明目張膽、滿不在乎地讓自己給一切之前的恐慌及不祥預感壓垮，他們緊張兮兮、逃避一切，但毫不感到羞恥。不過當他們開口時，語氣卻是沉著又冷淡。

「我想我們應該還在正確的路上，絕對是的。」

「涂爾擅自砍掉那兩棵白橡樹。我聽說以前水位漲高時，他們就是用那些樹來確認淺灘的位置。」

「我猜大概是兩年前，他當時在這兒伐木時砍的。我想他從未想過還有人得用上這道淺灘。」

「大概是吧。沒錯，一定是那時砍的。他當時砍掉這裡好大一片樹林，還因此還掉了貸款，我是這麼聽說的。」

「沒錯。沒錯，我也是這麼想的。佛爾農確實有可能這麼做。」

「事實就是如此。若要在鄉下這片土地伐木，大多得有座天殺的好農場，才有辦法處理鋸木的工作。或至少也要有座倉庫。但我想佛爾農還是幹得出這種事。」

「我也這麼想。他這人呀，老幹一些可笑的事。」

「唉，佛爾農確實是這樣。沒錯，路一定在這裡。他若沒把老路清空，就無法把木材運出這裡。我想我們還走在上頭呢。」他沉默地四下張望，姿態如同樹木，一下子往這邊傾身，一下子往那邊倒去，又轉頭沿著來時路看；那條路的地面已看不清邊界，但能從上方斷垂、傾倒的樹木排列形態勉強辨認出來，彷彿道路本身也因為浸水而從地表浮起，留下的鬼魅痕跡如同紀念著一種孤寂，而且是比我們此刻踩在上頭這條路更深切的孤寂；而我們就這樣沉靜地在此聊著過往的歲月靜好及細瑣小事。珠爾看著他，接著看向我，然後他的表情變得靜默、穩妥，不停往四周環境探查著什麼，而馬就在他雙膝間安靜、穩定地打顫。

「他走在前頭，可以靠著馬踩地的感覺確認一下。」我說。

「沒錯。」凱許說話時沒看我。他用側臉對著我，往前看著正在前方打頭陣的珠爾。

「他不可能漏看那條河，」我說：「那條河在五十碼外就能看到，他不可能漏看。」

凱許沒看我，仍用側臉對著我，「若我之前有想到這個可能性，上星期就能先來這裡探路了。」

「當時橋還好好的呀，」我說。他沒看我。「惠特菲爾德還騎馬過了橋。」

珠爾再次望向我們，他的表情清醒、警覺且順從，語氣沉靜地開口，「你們希望我怎麼做？」

「我上星期應該先來這裡探路才對。」凱許說。

「當時怎麼可能知道會發生這種事，」我說：「不可能事先知道呀。」

「我會騎馬走在前面，」珠爾說：「你們可以跟著我走。」他拉起馬頭，馬卻退縮了，還縮起身子；他緊靠向牠，對牠說話，幾乎是靠著身體的力量把牠拉起來；牠的每一步都顫抖，都激起赤黃色的泥水花，鼻息非常粗重。他對牠又是說話，又是輕聲低語。「走呀，」他說：「我不會讓你受到任何傷害。走呀，走。」

「珠爾。」凱許喊他。他沒回頭，只是繼續激勵馬往前走。

「他會游泳，」我說：「但不管怎麼說，如果能給那匹馬時間適應一下……」他出生時曾有段時間狀況很差，媽當時會坐在燈光下，將躺在枕頭上的他抱在大腿上。我們會半夜醒來發現她就這麼坐著，兩人都沒發出任何聲響。

「那塊枕頭比他的身體還長呢，」凱許說。他的身體稍微往前傾，「我上星期應該先來探路。真該這麼做的。」

「沒錯，」我說：「他的腳和頭都搆不到枕頭邊緣。你不可能事先知道會發生這種事。」我說。

「我真該這麼做的。」他說。他拉起韁繩。騾子沿著馬留下的足跡往前走；輪子在泥水中的發出生動的潺潺低語。他轉頭垂眼望向愛笛。「棺材這樣無法平衡。」他說。

終於，樹木往兩側散開；珠爾騎在馬上，而馬就緊靠在開闊的河邊，牠的身體半扭過去，肚子已經半浸在水裡。我們可以看到佛爾農、爸、瓦達曼和杜葳・戴爾站在對岸，佛爾農向我們揮手，示意我們再往下游移動一些距離。

「我們太接近上游了。」凱許說。佛爾農也在對面大吼，但我們聽不清楚內容，因為水流聲太吵。河水的流動現在很穩定，但仍很深，水面狀似無波，彷彿沒在移動，但當一塊圓木漂過來緩緩打轉時，人們又能立刻看出動靜。「看那裡。」凱許說。我們望著那塊圓木，看它抖晃、停住一陣子，水流在其後累積出厚重波紋，一度將其滅頂，之後圓木又彈射出水面，繼續跌跌撞撞往下漂。

「就是這裡了。」我說。

「對，」凱許說：「就是這裡。」我們又望向佛爾農。他正上下揮動兩隻手臂。我們繼續往下游走，緩慢、小心，同時觀察著佛爾農的動作。終於他放下手臂。「就是這裡了。」凱許說。

「好吧，天殺了，那我們就來過河吧。」珠爾說。他指示馬往前走。

「你等一下。」凱許說。珠爾再次停止動作。

「哎呀，我的老天爺——」凱許望向河水，接著回頭望向愛笛。「棺材這樣無法平衡。」他說。

「那你就回去那條天殺的橋，直接走過去好啦，」珠爾說：「你跟達爾回頭去吧。我自己來駕車。」

凱許完全沒理他。「這樣無法平衡，」他說：「是的，大哥。我們得小心一點。」

「小心個鬼啦，」珠爾說：「你滾下馬車，讓我來駕吧。我的老天爺，如果你害怕駕馬車過去的話……」他的雙眼蒼白，就像臉上兩塊漂白過的鋸木片。凱許盯著他看。

「我們能搞定的，」他說：「我告訴你怎麼做。你騎馬回去，走過橋，到河岸另一邊後拿繩索來接應。佛爾農會把你的馬帶回家，他能在我們回來前幫忙照料。」

「你下地獄去吧。」珠爾說。

「你拿繩索，到對岸去，然後準備接應，」凱許說：「三人一起過河的效果不會比兩人大，我們這邊只需要一個人駕車、一個人穩住車身。」

「真有夠天殺的你。」珠爾說。

「就讓珠爾拿著繩索一端，涉水到較上游處，然後從那兒幫忙穩住車身吧！」我說：「你願意這麼做嗎？珠爾？」

珠爾瞪著我，狠狠瞪著我。他很快看了凱許一眼，接著又看我，眼神既是戒備又是惡狠狠。「我天殺的才不在乎。只要能做點事就好，而不是這樣待在這裡，連一根天殺的手指頭也沒動作……」

「就這麼做吧，凱許。」我說。

「我想也只得這樣了。」凱許說。

河水本身只有一百碼寬，在視野所及的範圍內，在一整片的單調孤寂以可怖的方式由右往左稍微傾斜的場景中，只有爸、佛爾農、瓦達曼和杜葳．戴爾不屬於其中，我們彷彿到了一個荒廢世界，而且這世界正加速往絕壁邊緣前去。不過他們看起來好像變矮了。彷彿我們之間存在的空間其實是時間：帶有一去不復返的質地。彷彿時間不再是條於我們前頭愈來愈短的直線，而是平行存在我們之間，彷彿一條回還反覆的帶子，於是距離成為河道本身的雙重疊加，而非兩岸的間隔。騾子在水中站著，牠們身體的前四分之一已經有點往前陷落，屁股高高翹起。現在牠們的鼻息是那種深沉的呻吟；牠們曾有一次往回望，用雙眼凝視著掃過我們，那眼神狂野、悲傷、深奧又絕望，彷彿已經在厚重水流中看見災難的形貌，但牠們沒辦法說出來，我們又沒辦法看到。

凱許在馬車上轉身。他把雙手平貼在愛笛的棺木上，稍微搖晃了她一下。他的表情冷靜、深思熟慮，但同時也垮了下來，很擔憂的模樣。他拿起工具箱，往前塞到馬車座位底下；我們一起把愛笛往前推，就塞在那些工具及平台底板之間。接著他看向我。

「不行，」我說：「我認為我該留下。或許會需要我們兩人合力。」

他從工具箱裡拿了綑繩索出來，將一端在馬車座位的立柱上繞了兩圈，但沒綁起來，直接把這端遞給我，接著另一端遞給珠爾；他接下後在鞍頭上繞了一圈。

他得強逼那匹馬走進激流中。牠移動時膝蓋抬得很高，頸子往下蜷曲，看了令人又厭又惱。珠爾的身體輕巧往前傾斜了一些，雙膝稍微抬起；接著他也用警覺、冷靜的眼神快速掃視我們一遍後繼續前進。他讓馬慢慢往下走入河水中，用一種撫慰性的低語跟牠說話。馬的腳滑了一下，水直接淹到馬鞍，接著又再次奮力站好，此時水流已經淹到珠爾的大腿了。

「你小心一點。」凱許說。

「都在我的掌控之下，」珠爾說：「你們現在可以往前走了。」

凱許拿起韁繩，將車騾的身子放低，技巧性地小心將牠們帶入河中。

我感覺水流攫住了我們，也因此知道我們在淺灘上，畢竟唯有透過和淺灘滑溜溜的接觸，我們才能確定自己真有前進。原本水面看似平滑，此刻卻在我們身邊起伏為一連串的波谷和波峰，它們透過懶洋洋的碰觸推擠我們、戲弄我們，但那些推擠的瞬間全是徒勞，因為我們腳步站得可穩了。凱許回頭看我，我立刻知道我們完了。不過直到看見那塊圓木，我才終於明白繩索的功用。那塊圓木突出水面，瞬間直挺挺立在那兒，那種孤絕的突出及起伏讓它彷彿主耶穌。下車吧，讓水流把你帶到河彎處，凱許說。你沒問題的。不，我說，反正我無論下不下車都會弄得一身溼。

那塊圓木突然出現在兩個波峰之間，彷彿突然從河底竄出，尾端還掛著一長串泡沫，看起來就像一名蓄著絡腮鬍的老人或一頭山羊。我知道凱許跟我說話時始終盯著那塊圓木，他一邊盯著圓木，一邊盯著我們前方十英尺的珠爾。「放長繩索！」他大喊。同時另一隻手往下把在立柱上繞了兩圈的繩子拉緊。「繼續騎，珠爾！」他喊：

「看你有沒有辦法把我們趕快拉到圓木前頭。」

珠爾對著馬大吼；接著他似乎又憑藉身體的力量，用膝蓋把馬的身體直接往上夾抬起來。他正在淺灘的最高處，馬似乎掌握到一點抓地力，突然往前衝了幾次，閃閃發光的身體有一半還在水面上，並隨著幾次衝刺撞出一連串水花。牠移動的速度不可思議地快，然而珠爾終於也因此明白：繩索已經鬆了；因為我能看到他不停猛力把韁繩往後扯，頭往後轉，同時那塊圓木往後緩慢但一鼓作氣地衝刺到我們之間，就朝著車騾身上壓過去。牠們也瞧見圓木了；有那麼一刻，牠們黑亮的身體也衝出水面。接著下游那側的騾子消失了，另一隻也被跟著拖下去；馬車開始傾斜，就這麼卡在淺灘頂端，此時圓木撞擊馬車，繼續把翹起來的那側往上推。凱許半轉過身來，手中綳緊的韁繩逐漸滑落、消失在水中，另一隻手往後壓住愛笛的棺木，把她緊緊推靠在馬車翹高的那側板面。「跳下去，」他沉靜地說：「避開車騾，不要試圖與水流對抗。它會把你安全帶到河彎處。」

「你也跳下來。」我說。佛爾農和瓦達曼正沿河岸奔跑，爸和杜葳．戴爾站在那裡望著我們，杜葳．戴爾手上還夾帶著籃子和包裹。珠爾正在和馬對抗，要牠往回走。一頭騾子的頭冒出水面，雙眼張得老大；牠回頭看了我們一眼，發出一聲幾乎是人類的呼喊。接著頭又再次消失不見。

「後退，珠爾！」凱許大吼：「後退，珠爾！」又有那麼一瞬間，我看見他傾身靠向傾斜的馬車，一隻手臂往後環抱住愛笛和他的工具；我看到往後衝刺的圓木帶著它那張絡腮鬍臉再次發動攻擊，至於前方的珠爾正把馬身拉抬起來；他把馬頭往後扭，用拳頭猛揍。我從下游那側跳下馬車。在兩個波峰之間，我又再次看見那兩頭騾子。牠們接連在水中滾動，肚子翻向天空，四隻腳僵硬往外伸開，牠們腳沒碰到大地時就是那個樣子。

瓦達曼

凱許努力了但仍從馬車掉下去了達爾跳下去後沉下去他不見了凱許吼叫著說要抓住她啊我一邊吼叫一邊狂奔一邊吼叫而杜葳・戴爾對我大吼大叫瓦達曼叫你呀瓦達曼叫你呀瓦達曼然後佛爾農跑過我身邊因為看到她浮出水面但接著她又沉入水中而達爾還沒抓住她

他從水面浮起看了看我吼叫著說抓住她達爾抓住她而他沒回話因為她太重了他得繼續想辦法抓住她而我吼叫著說抓住她達爾抓住她達爾因為在水中她流動的速度比一個男人還快達爾得像在水中抓魚一樣確認她的位置所以我知道他可以抓住她因為他最擅長抓魚了就算一旁兩頭騾子正再次翻滾冒出水面四隻僵腿再次往下翻滾後現在背部朝上而達爾必須再次伸手去抓因為在水中她流動的速度比一個男人或一個女人都還要快而我跑過佛爾農身邊他就是不下水幫忙達爾他就是不肯和達爾一起去抓魚般抓住她

他知道該這麼做但就是不幫忙

騾子再次浮出水面牠們的四隻僵腿載浮載沉牠們的僵腿緩慢翻滾接著達爾再次伸手去抓而我吼叫著抓住她達爾抓住她把她推向河岸達爾然後佛爾農就是不幫忙接著達爾想辦法躲過騾子他終於在水底下抓住她後往岸邊前進速度很慢因為在水中她奮力想留在水中但達爾強壯有力他往岸邊前進速度很慢所以我知道他抓住她了因為他來得很慢而我跑下水幫忙我無法停止大吼大叫因為達爾強壯有力在水面下穩穩守住她就算她奮力想留下他也不放手他正看著我他會守住她而現在一切都沒事了現在都沒事了都沒事了

接著他從從河水中走出來。他好不容易緩慢走了上來，雙手還在水裡，但他得把她拉上來他非得這麼做不然我會受不了。接著他的雙手也離開水面，整個人都上了岸。我無法停止吼叫。我沒時間克制自己。我會在有辦法時努力克制自己，但他的雙手從水裡上來時空空的只有水從指間流失就這麼流走

「媽呢？達爾？」我問：「你根本從頭到尾都沒抓到她。你知道她是條魚，卻還是讓她溜走了。你根本沒抓到她。達爾。達爾。達爾。」我開始沿著河岸跑，看著騾子緩慢冒出水面後再次沉沒。

涂爾

我告訴寇拉，達爾直接跳出馬車，嘗試力挽狂瀾留凱許在馬車上，然後馬車翻覆，快到岸邊的珠爾與馬激烈奮戰，一直要牠回頭，但馬倒是很精明知道不該回去，她說：「而你還跟其他人一樣說達爾是那幾個兒子中最古怪的，是最不聰明的；其實他才是唯一有腦袋，還知道該跳下馬車的那傢伙。我看安斯就是太聰明，才一開始就沒待在馬車上。」

「他就算在馬車上也幫不上什麼忙，」我說：「他們其實本來挺順利的，都快到岸邊了，若不是有那根圓木撞過來的話。」

「什麼圓木，一派胡言，」寇拉說：「根本就是上帝之手。」

「那妳又怎麼能怪這是件傻事呢？」我說：「沒人能跟上帝之手抗衡。就連動念都是褻瀆。」

「那到底為何要冒險抵抗?」寇拉說:「你倒是告訴我呀。」

「安斯沒抵抗呀。」我說:「但妳之前就是為這事怪他。」

「但他的職責就是待在那裡呀,」寇拉說:「若他還算個男人,就該待在那裡,而不是要他的兒子去做他不敢做的事。」

「我真不知道妳想怎樣,」我說:「一下子妳說他們的嘗試是在挑戰上帝之手,一下子又怪安斯沒跟他們一起努力。」接著她又開始唱歌,雙手在洗衣盆內工作,她唱歌時臉上的表情彷彿已經放棄這些傢伙和他們的一切愚蠢;反正她已經走在他們的前頭,朝著天空的方向一邊行進一邊歌唱。

馬車斜斜地撐了一陣子,這段時間水流不停在底下累積,不停把馬車沖離淺灘,凱許身體傾斜的角度於是愈來愈大,他還努力把棺材抵在側板上,不讓它往下滑,同時確保馬車不會整台翻覆過去。一等到馬車傾斜到一個角度,水流足以把車翻過去之後,圓木就繼續往下漂了。它繞過馬車,彷彿一名游泳的男人往前游。彷彿它是被派來辦事的,而事辦完了當然繼續往前漂。

等騾子終於踢著擺脫夾纏住自己的東西後,曾有一度凱許似乎能把馬車翻回來。

他和馬車似乎彼此僵持著，完全不動，只有珠爾在一旁努力想把馬拉回馬車旁。接著那個男孩跑過我身邊，一邊跑一邊對達爾吼叫，那個姑娘則想抓住瓦達曼，接著我看到騾子緩慢地在水面上翻滾，牠們的腳僵硬張開，彷彿以四腳朝天的姿態撐住不動，接著又再次翻滾沒入水中。

馬車整個翻過去了，此時馬車、珠爾和馬全亂成一團。緊抱著棺木的凱許不知去了哪裡，但因為馬不停衝刺又濺起水花，所以我什麼都看不清。我猜想凱許是放開了手，正在水裡追棺材，我對珠爾大叫，要他回到岸上，結果突然之間他和馬都沉入水裡，我以為他們全都要完了。我知道馬一定是被拖離了淺灘，現在這匹狂暴的馬溺水、馬車又翻倒，棺材也漂走了，場面可難看了，而我站在那裡，水深及膝，對著身後的安斯大吼：「看看你幹了什麼好事？看看你幹了什麼好事？」

馬又再次浮出水面。此刻正往岸邊走去，頭甩得老高，接著我看到他們其中一人在馬的下游側抓住馬鞍，所以我開始沿河岸跑，努力想找出凱許在哪兒，因為他不會游泳，我甚至像個該死的傻子一樣對珠爾大喊：「凱許在哪？」岸邊更下游處的男孩也沒好到哪裡去，他也還在對達爾大吼大叫。

我走下河水，至少腳下泥巴還能提供一點抓地力，此時我看到了珠爾。他身體有一半在水面上，所以我知道他在淺灘上，但這不重要，他的身體非常費力地往上游處傾斜，然後我看到了繩索，然後我看到了水流開始在某處累積起來，也就是珠爾靠繩索把馬車撐在剛滑下淺灘邊緣的那個地方。

所以抓著馬的人是凱許，當馬踩著水花、跌跌撞撞走上岸時，他像個野人一樣又是呻吟又是低吼。我靠近馬，牠正努力想把抓住馬鞍的凱許踢開。於是他又回頭往水裡滑，過程中一度翻向天空仰躺，臉色灰白，雙眼緊閉，臉上有道長長的泥痕。接著他放手，翻身又埋入水裡，看起來就像一坨在岸邊被水流上下拖洗過的舊衣物。他彷佛是用臉趴在水面上，隨著水波上下輕微晃動，眼睛正盯著水底的某樣東西。

我們可以看到繩索斜切入水中，我們可以感覺到馬車的重量笨拙地猛撞著、衝刺著，姿態閒散，彷彿無比樂意待在水裡，而斜切入水中的繩索硬得像根鐵條。我們可以聽見水流摩擦繩索發出嘶嘶聲響，彷彿它又紅又燙。彷彿那是根插在河底的筆直鐵條，而我們握著其中一端；馬車閒散地上下晃動，對我們又推又刺，彷彿一度回心轉意，決定支持我們的決定，但此刻又姿態閒散，彷彿非常樂意待在水裡，只等下定決心。有頭小豬經過，肥得像顆氣球：是隆恩．奎克那匹斑點小豬的其中一頭。牠撞上繩索，彷彿撞上鐵條一樣跌了跤，接著又繼續走，而我們則望著那根繩索斜切入水中。我們就這麼望著。

達爾

凱許仰躺在地上，頭枕在一件捲起來的衣服上。他的雙眼緊閉，臉色灰白，頭髮滑溜溜地整片沾黏在額頭上，彷彿是用筆畫上去的。他的臉皮看起來往下凹陷了一些，沿著眼窩、鼻子、牙齦的骨頭邊緣往下垂，彷彿因為浸水，原本支撐皮膚飽滿質地的力量鬆掉了；他的牙齒坐落在蒼白牙齦中，嘴巴微張，彷彿正安靜笑著。他如同竿子般細瘦的身體躺在溼衣服裡，頭上有一小灘嘔吐物；由於當時來不及轉頭或轉得角度不夠大，還有一條嘔吐物沿嘴角經由臉頰流下，最後杜葳・戴爾終於彎腰，用洋裝裙襬把嘔吐物擦掉。

珠爾走過來。他找到了刨刀。「佛爾農剛剛發現了直角尺，」他說低頭看著凱許，身上還在滴水。「他開口說話沒？」

「他還把他的鋸子、槌子、粉筆線斗和長尺帶在身上，」我說：「我知道的就這樣。」

珠爾把直角尺放下。爸看著他。「這些工具不可能漂多遠，」爸說：「最後全會流到同個地方。這世上有人像我這麼倒楣的嗎？」

珠爾沒看爸。「你最好把瓦達曼叫回這裡，」他看著凱許，接著轉身走開。「趕快讓他開口說話，」他說：「他可以告訴我們還有什麼東西掉了。」

我們回到河裡。馬車已經拉起來了，輪子底下塞了墊木（我們全都小心翼翼地幫了忙；彷彿在這架馬車破舊、熟悉，且毫無生命力的外表之中，莫名還徘徊著一股殘暴力量，儘管蟄伏著但仍存於近處，而正是這股暴力在一小時前屠殺了那兩頭騾子），好讓馬車和奔騰流水保持距離。那副棺材意味深長地躺在馬車內的底板上，淺色長板材因為浸水，顏色不再那麼刺眼，但仍是亮黃色，彷彿透過水看著金子，只是上頭留了兩道泥擦痕。我們經過棺材，繼續走向河岸。

繩索的一端已經被繫在樹上。瓦達曼站在河邊，水深及膝，身體稍微往前彎，欣喜又專注地盯著佛爾農看。他已經停止吼叫，身體從腳一路溼到腋下。繩子的另一端是佛爾農，他在水深及肩處回頭看著瓦達曼，「你得再往回走一點，」他說：「你回去樹旁邊，為我抓緊繩子，免得它滑開。」

瓦達曼沿著繩子一路走回樹旁，完全沒看腳下，只是盯著佛爾農。他在我們接近時看了我們一眼，雙眼圓瞪但又有點茫然，接著又用那種癡迷又警醒的姿態盯著佛爾農。

「我也找到槌子了，」佛爾農說：「粉筆線斗早該找到才對。那東西會浮在水面。」

「浮著浮著就不知漂去哪裡了，」珠爾說：「我們找不到了。但至少該找到鋸子。」

「我同意，」佛爾農說。他盯著河水瞧。「也該找到粉筆線斗。他還帶了什麼？」

「他還沒開口說話。」珠爾一邊說一邊走入水中。他回頭看我。

「你回去那裡把他弄醒，讓他說話。」他說。

「爸在那裡呀。」我說。我跟著珠爾沿繩索走進河裡。繩子在我手中彷彿有生命，繩體稍微有些鼓脹，彷佛因此延長、有了弧度，且與所有人共振。佛爾農正在看我。

「你最好過去，」他說：「你最好待在那裡。」

「來瞧瞧吧，在被河水沖走之前，我們還能找回多少工具。」我說。

我們抓著繩索，水流在我們肩膀邊又是旋轉、又是形成眾多漣漪。不過在平靜淡然的假象之下，水流真正的力量仍閒散地襲向我們。我從未想過七月的河水可以這麼冰涼。就彷彿有許多手正推擠、穿刺入你的每根骨頭。佛爾農仍轉頭望向河岸。

「你們想這繩索撐得住我們所有人嗎？」他問。我們也往回望，沿著那條繩索形成的硬棍一路往上看，從河水一路看向那棵樹，而瓦達曼就蹲在距離樹旁不遠處盯著我們。「希望我的騾子別自己逃回家去了。」佛爾農說。

「快點啦，」珠爾說：「我們開始吧。」

我們輪流沉進水裡，手抓繩索，靠著彼此穩住身體，同時河水彷彿冰冷的牆，將我們腳下傾斜的爛泥向後朝著上游方向吸去，導致我們的身體漂懸起來，只能靠一隻手沿著冰涼河底摸索。就連那爛泥本身都不安穩，帶有一種令人不安的淡漠，以及想抹消一切的特質，結果就是我們底下的土地彷彿同時也在移動。我們笨拙地碰觸、摸索著彼此伸長的手臂，確認自己謹慎沿著繩索走；又或者輪流站直身子，在另外兩人於水面下摸索時，盯著河水又是吞吐又是翻滾起泡。爸已經走來這邊的河岸，他盯著我們。

佛爾農浮出水面，臉上流滿河水，他噘起嘴大口呼吸，臉以嘴為中心凹陷下去。

他的嘴唇發青，彷彿一圈受到風化的橡膠。他找到直尺了。

「他會很開心的，」我說：「那把尺可新了。他上個月才透過郵購目錄買的。」

「如果能確定還得找幾樣工具就好了，」佛爾農說，他轉頭往回看，再轉回來，卻發現珠爾已經不見了。「他不是在我之前下去的嗎？」佛爾農問。

「我不知道，」我說：「我想沒錯。對，沒錯，他先下去的。」

我們望著厚重又打著漩渦的水面，水流以緩慢的螺紋逐漸離我們遠去。

「用繩子拉拉他吧。」佛爾農說。

「他在你那一邊。」我說。

「現在我這邊可沒人。」他說。

「拉繩子。」我說，但他已經動手將繩子末端拉上水面；然後我們看見了珠爾。

他距離我們十碼，正竄出水面大口呼吸，眼睛看著我們，用頭將長頭髮往後一甩，接著看向河岸；我們可以看出他正使勁吸著氧氣。

「珠爾，」佛爾農講話不大聲，但沿水面傳播時仍聽來飽滿、清晰，語氣專斷但用詞圓滑。「工具會漂回這裡。你最好回來。」

珠爾再次下潛。我們站在那裡，背部往後抵抗著衝擊而來的水流，眼睛盯著他消失於水面的所在，兩人之間抓著那條另一端已沒人的繩索，彷彿一組握著水管的消防員在等水來。突然之間，杜蕨．戴爾出現在我們身後的水中。「你們快叫他回來，」她說：「珠爾！」她大叫。他再次浮出水面，把遮住眼睛的頭髮往後甩，現在正往岸邊游，水流讓他的身體往下游傾斜。「叫你呀！珠爾！」杜蕨．戴爾大叫。我們就這樣抓著繩索，盯著他抵達岸邊，爬出水面。就在離開河水之後，他彎腰撿起某樣東西，沿著河岸向我們走回來。他找到粉筆線斗了。他走到我們正對面，站在那裡，雙眼環視四周，彷佛正搜尋些什麼。爸沿河岸往下走。他又回去看那兩頭騾子了，牠們圓滾滾的身體浮在水面，在河灣平緩的水流中靜默地彼此摩擦。

「你把槌子怎麼處理了？佛爾農？」珠爾問。

「我給他了。」佛爾農說，同時把頭甩向瓦達曼的方向。瓦達曼正在照看爸。接著他望向珠爾。「跟直角尺一起給了。」佛爾農還盯著珠爾，同時經過杜蕨．戴爾和我身邊，往岸邊移動。

「妳快離開水裡。」我說。她沒說話，只是看著珠爾和佛爾農。

「槌子呢？」珠爾問。瓦達曼往上游小跑步過去，拿了槌子回來。

「槌子比鋸子重。」佛爾農說。珠爾正把粉筆線斗的末端纏在槌子手柄上。

「槌子用的木頭最多。」珠爾說。他和佛爾農面對面，兩人都望著珠爾的雙手。

「形狀也比較扁平，」佛爾農說：「若要說在水中需要的浮力，應該幾乎是三比一。拿刨刀來試試看。」

珠爾看著佛爾農。佛爾農也很高；也跟他一樣身材瘦長，兩人眼睛同高地站在那裏，身上衣服都溼了。隆恩・奎克光看天空一眼就能判斷時間，誤差不超過十分鐘，但我說的是大隆恩，而不是小隆恩。

「你為什麼不離開水裡呀？」我問。

「刨刀和鋸子的比重不同。」珠爾說。

「但跟槌子比起來，刨刀跟鋸子的比重還是比較接近。」佛爾農說。

「我跟你打賭。」珠爾說。

「我這人從不打賭。」佛爾農說。

他們站在那裡盯著珠爾靜止不動的雙手。

「見鬼了，」珠爾說：「那就把刨刀拿來吧。」

所以他們拿了刨刀，跟粉筆線斗纏在一起，然後再次走入水中。爸沿著河岸走回來，途中停下腳步，看了我們一下子，他駝著背、一臉哀戚，彷彿一頭鬥敗的閹牛，或者一隻長得特別高的老鳥。

佛爾農和珠爾回到水裡，背部抵抗著水流衝擊。「別擋路，」珠爾對杜葳．戴爾說：「快離開水裡。」

她為了讓他們通過稍微往我這邊擠過來，珠爾把刨刀舉得老高，彷彿它一碰水就會化掉一樣，線斗的藍線垂到他的肩膀上。他們經過我們身邊後，停步，然後開始小聲爭辯馬車究竟是在那裡翻掉的。

「達爾應該會知道。」佛爾農說。他們看向我。

「我不知道，」我說：「我待在馬車那邊的時間沒那麼長。」

「見鬼了。」珠爾說。他們繼續小心翼翼往前走，背後抵抗著水流衝擊，靠著腳步小心確認自己還走在淺灘上。

「你抓著繩索嗎？」佛爾農問。珠爾沒回答。他回頭望向河岸，內心仔細計算，接著又望向河水。他把刨刀往外拋，任由線從指間往外滑，所有手指碰到線的部分都因此變成藍色。等線都放完了，他把線斗還給佛爾農。

「最好這次讓我來。」佛爾農說。珠爾又沒回答；我們就這麼看著他閃身沒入水裡。

「珠爾。」杜葳・戴爾嗚嗚地哭了起來。

「那裡的水沒那麼深。」佛爾農說。他沒回頭看。他還盯著珠爾潛下去的水面。

珠爾浮出水面時，手裡已經拿著鋸子。

我們經過馬車時，爸正站在一旁，手拿一把葉子試圖擦掉棺材上的兩道泥漬。珠爾的馬站在叢林邊緣，看起來就像晾在曬衣線上的一條補丁毯子。

凱許還沒有動靜。我們站在他身邊，手上拿著刨刀、鋸子、槌子、直角尺、直尺和粉筆線斗，杜葳・戴爾蹲下來，抬起他的頭。「凱許，」她呼喚：「凱許。」

他張開眼睛，深深望向我們這一張張上下顛倒的臉孔。

「這世上有我這麼倒楣的男人嗎？」爸說。

「看哪，凱許，」我們舉起手上的工具給他看，「你還帶了什麼？」

他想說話，他努力轉動頭部，但雙眼卻又緊閉起來。

「凱許，」我們喊：「凱許。」

他轉頭是為了嘔吐。杜葳・戴爾用她洋裝溼漉漉的裙襬替他擦嘴；接著他終於能開口了。

「是他的整鋸器，」珠爾說：「他和直尺一起買的那個新玩意兒。」他立刻轉身準備行動。佛爾農還蹲著，抬頭看他，接著才起身跟隨珠爾回到水裡。

「這世上有我這麼倒楣的人嗎？」爸說。相對於蹲在地上的我們，他的身影顯得高大；他就像一位喝醉的諷刺人像師傅從硬木上笨拙雕刻出來的人物。「這是一場試煉，」他說：「但我並沒有因此怨她。沒人可以說我為此怨她。」杜葳・戴爾已經讓他的頭躺回摺起來的大衣上，還把他的頭稍微往旁邊扭，以免嘔吐物又沾到臉上。那些工具就躺在他身旁的地上。「或許有人會說他算幸運了，畢竟他斷的正是之前從教堂摔下來時斷的那條腿，」爸說：「但我可不會為此怨她。」

珠爾和佛爾農又再次走入河水中。從此處看過去，他們幾乎沒在水面掀起絲毫波瀾；彷彿河水一擊就將他們劈成上下兩段，那兩具軀體的動作無比微小，在水面移動的謹慎程度簡直荒唐。這畫面非常平和，那效果就像你已凝視、傾聽一具機械運作了好長一段時間。彷彿「你」這個凝結的團塊已溶化分解成大量原始動作，但看與聽的動作既瞎且聾；就連憤怒的動作都帶有一種停滯的靜默。杜葳．戴爾蹲著，溼漉漉的洋裝貼著身體，在那三個瞎眼男人的死氣沉沉眼中，她身體顯示出的形貌正如大地上的各種地平線及深谷，同時散發出一種屬於哺乳類動物的荒謬可笑。

凱許

棺材這樣無法平衡。我就跟他們說了，如果他們想將棺木以平衡狀態搬起、運送過去，他們就必須——

寇拉

某天我們在聊天。她始終不是個真正虔誠的人，甚至在那個夏天的營地佈道會中，惠特菲爾德兄弟還特別與她的意志搏鬥，點名她，就希望消滅在她那顆凡俗心中的虛榮情感。而我也跟她說了很多次，「上帝賜予妳孩子，為的是撫慰妳身為人類的艱困命運，也作為祂自身受苦及慈愛的象徵，而妳就是在這種慈愛中懷胎、生下他們。」我說她總把上帝的慈愛和對祂的責任視為理所當然，而這種行徑不是上帝所喜悅的。我說：「祂給予能力，我們得以高聲永恆讚美祂。」因為我說天堂裡為一位罪人悔悟所產生的欣喜，一定大過一百位從未犯罪的人。而她說：「我的日常生活就已經是認罪及贖罪了。」而我說：「妳算什麼東西呀，竟然能判斷什麼是罪、什麼又不是罪？審判是上帝的工作；我們的工作是讚美祂的慈悲及祂神聖的名，好讓世間人類都能聽見。」因為只有祂能看穿人心，就算一個女人的生活在男人眼裡看來正直，她也無法知道自己心中是否有罪，除非她能對主敞開心房，接受祂的恩典。我說：「只因為妳是一名忠誠的妻子，不代表心中就沒有罪，而只因為妳生活艱困，也不代表主的恩典能赦免妳的罪。」而她說：「我很清楚我自己的罪。我知道我活該受罰。我對此沒有怨言。」而我說：「妳是出於虛榮才會代替主去判定妳自己的罪，還判定了自己的救贖，我們人類的命運就是受苦，就是高聲讚美祂，而祂打從遠古之前就透過對我們的審判，來判定何謂我們的罪及救贖，阿門。若要說有誰能吞吐上帝的氣息，就一定是這位侍奉上帝的男人惠特菲爾德兄弟了，這世間沒有男人像他這般為妳努力了，但就連他為妳禱告，妳也無動於衷。」我說。

因為我們不能判定自己的罪，也無法得知在主的眼中什麼是罪。她確實過得很苦，但哪個女人不是？不過你能從她的話發現，她覺得自己比吾主上帝本人更明白何謂罪及救贖，也比那些在人世間面對各種罪惡時勞苦、搏鬥的人們更明白。她唯一犯下的罪是偏愛從未愛過她的珠爾——這事本身就是她的懲罰——卻不愛那位深受上帝本人賜福，被我們凡人視為怪人，卻仍深愛她的達爾。我說，「這就是妳的罪，也是妳的懲罰。珠爾就是妳的懲罰。但妳的救贖在哪？人生已經夠短了，」我說：「實在來不及贏得永恆恩典。而上帝是一位忌邪的上帝，必須由祂來審判及獎懲；這不是妳的工作。」

「我知道，」她說：「我——」她沒再說下去，所以我問，

「知道什麼？」

「沒什麼，」她說：「他是我背負的十字架，也會是我的救贖。他會將我從水裡及火裡救出。就算我已失去生命而躺下，他也會拯救我。」

「這妳要怎麼知道？妳又沒向祂敞開心房，也沒高聲讚美祂。」我說。接著我意識到她指的不是上帝。我意識到她出於內心虛榮說了褻瀆的話。所以我當場跪下了。我乞求她跪下，乞求她敞開心房，乞求她仰望主的憐憫，除去內心虛榮的邪惡。但她就是不肯。她只是坐在那裡，迷失於她的虛榮及驕傲之中，這兩者已將她的心房關上，將上帝拒於門外，還將那個自我中心的凡人男孩放上了祂的位置。我跪在那裡為她祈禱。我拚命為那個可憐的盲目女人祈禱，就連為自己及親人都沒這麼努力過。

愛笛

每到下午，學校放學，當最後一個吸著小小髒鼻子的學生都已離開，我卻沒回家，而是走下山丘到泉水邊，在那裡我才能安靜，才能恨著他們。當時一切都已安靜下來，泉水汩汩湧出後流淌遠去，陽光斜斜打在樹林中，而潮溼、腐敗的樹葉和新土散發著安靜氣味；尤其在初春，我的情況總是最糟。

我完全記得我父親以前會說，人活著就是要為了長眠做好準備。當我必須每天每天照看這些學生，又發現每個人藏了各自的祕密以及自我中心的想法，彼此不是血親，跟我也不是血親，然後又想到這是我唯一能為長眠做好準備的方法，我就恨我父親一開始把我生到這個世上。我總期待他們犯錯，這樣才能鞭打他們。當鞭條落下時我能感覺同時打在我的肉上；當學生皮膚出現鞭痕並腫起時，我也能感覺自己的血液在底下熱烈流動，而我會在鞭條每一次落下時想著：這下你們把我當一回事了吧！這下我也存在於你們的祕密跟自我中心的人生裡了，我以我的血永遠、永遠在你們的血裡留下印記。

所以我接受了安斯。我曾看他經過校舍三、四次，後來才知道他特地多駕駛了四英里路來「經過」這裡。我當時就注意到他開始駝背了——他是個身材很高的年輕人——所以那時坐在馬車座位上的他，看起來就已經像隻在冷天裡佝著身子的高瘦大鳥。他會駕著馬車吱嘎吱嘎緩慢駛過校舍，經過校門口時，頭因為盯著門而緩慢轉動，直到在路彎處轉過去，身影才會消失。某天我在他經過時走到門口，就站在那裡。他看到我時迅速別開眼神，再也沒看回來。

初春時情況總是最糟。有時候我以為我再也忍受不下去了，那樣的晚上我躺在床上，聽著野雁開始北返，然後在一片野性的黑暗中，牠們微弱而野性的鳴叫聲從高處襲來，而白天時我則似乎等不及最後一個學生回家，就為了能去到泉水邊。所以那天我抬眼看到安斯站在那裡，身上穿著做禮拜穿的西裝，手中不停轉著他的帽子時，我開口了：

「如果你家有女人的話，她究竟為何不叫你剪個頭髮？」

「我家裡沒女人，」他說。接著他突然開口了，兩眼就像一座陌生院子中的兩頭獵犬衝向我，「這就是我來看妳的原因。」

「也該叫你抬頭挺胸才對，」我說：「你家沒女人嗎？但你有棟房子。他們跟我說你有棟房子和一座不錯的農場。但你就一個人住在那兒，自己一個人幹活，是吧？」他只是盯著我看，手上還轉著他的帽子。「是棟新蓋的房子，」我說。「你打算結婚嗎？」

然後他又開口了，雙眼直直鎖住我的雙眼，「這就是我來看妳的原因。」

接著他告訴我：「我沒有任何親人。不會造成妳的負擔。我想妳情況應該跟我不一樣。」

「確實不一樣。我有家人，在傑佛森。」

他的表情稍微一沉。「這樣呀，我有一點財產，還算節儉；我的名聲正直良好。我知道城裡人會怎麼想，但只要讓他們跟我聊聊……」

「他們或許會聽你說，」我說：「但不太有辦法對話。」他望著我的臉。「他們都埋在墓園裡了。」

「但妳活著的那些親人，」他說：「他們就不一樣了。」

「會嗎？」我說：「這我不知道。我沒有過任何其他種類的親人。」

所以我接受了安斯。當我知道自己懷了凱許，我才知道活著如此可怕，而這孩子正是我受到的懲罰。當時我才知道語言一點也不好；那些詞彙從未符合其中試圖傳達的意思。當他出生時，我知道「母愛」是某人不得不找個詞來形容，才發明出來的詞彙，因為真正有了孩子的人根本不在乎有沒有那麼一個形容的詞彙。我知道恐懼是由從未感覺恐懼的人發明出來；驕傲也一樣。我才知道活著一直以來都很可怕，不只因為學生們的髒鼻子，而是我們必須透過語言去使用彼此，就像許多蜘蛛透過嘴裡吐出的絲線吊在一根竿子上，然後牠們擺盪、扭曲著身體，但彼此從不碰觸，而唯有透過鞭條抽打，我的血才能和他們的血匯流。我才知道活著一直以來都很可怕，不是因為我的孤獨每天都必須不停、不停地受到侵犯，而是因為直到凱許來到之前，我的孤獨從未受到侵犯。就連安斯在那些夜晚也沒這麼做過。

他也有個詞彙。愛，他就是這麼稱呼的。但我早已經習慣這些詞彙好長一段時間了。我知道這個詞彙就跟其他詞彙一樣：只是一個用來填補匱乏的空殼子；而只要對的時刻到來，你不會需要一個詞彙去形容，就像你不需要驕傲或恐懼這些詞彙。凱許不需要這麼對我說，反之亦然，而要我說的話：就讓安斯去用那個詞彙吧，若他想這麼做的話。所以無論那份情感是叫作安斯還是愛，愛還是安斯，總之都無所謂。

我還是會不停地思考，即使我在一片黑暗中躺在他身邊，而凱許就睡在我伸手就能搖動的搖籃裡。我還會一邊思考，一邊想若他醒來後哭泣，我就給他餵奶。安斯還是愛？總之都無所謂。我的孤獨已受到侵犯，接著又因為受侵犯而完整：時間、安斯、愛，你要怎麼說都行，反正都在屬於我的這個密閉循環之外。

然後我發現我又懷了達爾。一開始我簡直不敢相信。接著只相信我要殺了安斯。這一切彷彿是他對我的算計，他就像躲在紙屏風背後一樣躲在一個詞彙中，然後突然穿過屏風，從背後突襲我。但接著我明白，算計我的是比安斯或愛還要古老的語言，正如安斯也受到同樣的語言算計，而我的復仇就是讓他永遠不會知道我正在復仇。當達爾出生時，我要求安斯承諾在我死後把我帶回傑佛森埋葬，因為我知道父親以前說的是對的，即便當時他無法知道自己是對的，正如我當時也無法知道自己是錯的。

「少胡說了，」安斯說：「妳和我還沒生夠孩子呢，現在才兩個。」

他不知道他當時就已經死了。有時我在黑暗中躺在他身邊，聆聽著那片現在已成為我骨肉的土地，然後我會想：安斯，為什麼是安斯？你為什麼是安斯？我會一直想著他的名字，直到過了一陣子，我可以看到那些文字彷彿一個空殼子、一個容器，然後看到他液化後流進去，就像冷卻的糖漿從黑暗中流入容器，直到那個罐子給裝滿，直到再沒有動靜：那是一個如此重大又深奧的空殼子，裡頭沒有生命，就像一個空空的門框；接著我會發現已經忘了那個罐子的名字。我會想：我身體這個空殼子在之前裝的是一名處女，現在是一個　[17]，而我無法去想「安斯」，我記不得「安斯」。倒不是我能將自己視為非處女了，畢竟我已經分成三個人。而當我用那種方式想到「凱許」和「達爾」，想到他們的名字將在一個空殼子中死去、固化，接著逐漸消失，我就想說，好吧，都無所謂了。別人要怎麼稱呼他們都無所謂了。

因此當寇拉．涂爾說我不算個真正的母親時，我想著語言是如何以一條細線快速、無害地前進，而作為也攀著一條線，同樣以如此可怕的方式在地表上前進，過了

17 編注：原文此處留白。

一陣子後，這兩條線分得太開，導致一個人無法同時跨足於兩者之上，而所謂罪、愛和恐懼，不過是那些從未犯罪、從未愛過，以及從未恐懼的人，為了他們所沒有的一切發出的聲響，甚至到最後他們還忘了這些詞彙。就像寇拉，她甚至連煮飯都不會。

她會說我虧欠了我的孩子、安斯和上帝。我可是為安斯生了孩子。我沒要求生孩子。我甚至沒要求他本來可以給我的：那個不是安斯的安斯。我對他的責任就是不這麼要求，而我也確實盡了這份責任。我會是我；但我會讓他成為「安斯」這個詞彙的空殼子及回音。這甚至比他要求的還多，因為他原本就不可能在身為安斯的同時做出那種要求，他無法那樣透過一個詞彙去使用自己。

然後他死了。他不知道他已經死了。我會在黑暗中躺在他身邊，聽著黑暗的大地訴說著上帝的愛、祂的美，和祂的罪；我會聆聽黑暗無聲中那些符合行徑的語言，以及其他不符合行徑的語言，而後者只是由人的匱缺形成的裂縫；那些語言向我們襲來，如同在遠古的可怕夜晚中，那群野雁在一片野性黑暗中的嚎叫，那些語言就這麼將行徑當作孤兒般翻玩，然後還有人從人群中向這位孤兒隨便指出兩張臉，說：那是你的父親、那是你的母親。

我相信我已經找到原因。我相信原因就是必須對活人負起的責任，對這些可怕血脈的責任，對這遍地沸騰的鮮紅、激烈洪流的責任。我會想到我犯的罪，正如我會想到我們在世界面前所穿戴的衣物，想到因為他是他、我是我而各自需要的謹言慎行；我犯的罪愈是被說出來就愈可怕，因為他正是創造出罪的上帝所欽點的工具，目的是滌淨祂所創造出來的罪。當我在樹林裡等待他，我在他看見我之前等待他，會把他想成穿戴著罪的人。我會把他想成也把我想成穿戴著罪的人，不過他的衣袍比較美，因為他用來交換罪的衣袍是被滌淨的。我會把罪想成我們即將脫去的衣袍，而這麼想是為了形塑、迫使這些可怕的血脈，去呼應高空中那些死去詞彙的孤絕回音。接著我會再回去躺在安斯身邊——我沒有欺騙他：我只是拒絕，正如我在時間一到之後，就拒絕將乳房獻給凱許及達爾——然後繼續聽著黑暗大地進行無聲演說。

我毫無隱瞞。我努力不欺騙任何人。我自己是不在意的，但他覺得有必要考量自己的立場而小心，所以我預先防範，但不是為了我的安全，只是繼續穿著我在世界面前必須穿的衣物。而當寇拉對我說教時，我會想到這些在光陰中高高在上的死去詞彙，就連它們所發出的死氣沉沉聲響似乎都顯得淡薄。

然後這段關係結束了。之所以說結束，是因為他決定離開，而我很清楚這是怎麼一回事，雖然我還能再次見到他，卻永遠無法再次在樹林裡看到他身上穿戴著罪，偷偷、快速地向我走來，那一身豔麗衣袍似乎總因為他偷偷前來的速度，而給吹得飄翻開來。

但對我來說沒有結束。我是說，結束代表事情有開頭、有結尾，因為對我來說，當時沒有任何事情開始或結束。我甚至仍要安斯禁慾，倒不是想拒絕他，而是彷彿我們以前從未好過。我的孩子是我一個人的，是屬於那片沿著土地表面沸騰的野性血脈，屬於我以及所有活著的一切；屬於空無又屬於一切。然後我發現我懷了珠爾。等我清醒過來，記起自己發現這件事，他都已經離開兩個月了。

我父親說人活著就是要為了長眠做好準備。我最後終於明白了他的意思，也知道他不可能明白自己的意思，因為一個男人永遠不懂在事情發生後收拾好迎接死亡的家屋[18]。所以我已經收拾好自己的家屋。我有了珠爾——我躺在燈旁撐著我的頭，望著他在呼吸之前就已覆蓋、縫補起我臍帶上的傷處——沸騰的野性血脈逐漸冷靜，沸騰的聲響也隨之止息。接著只剩下奶水、暖意和平靜，而我平靜躺在緩慢的沉默中，準備好收拾迎接死亡的家屋。

我為了抵銷珠爾，於是生了杜葳・戴爾給安斯。接著為了取代我從他手上奪走的孩子，又生了瓦達曼。而現在他有三個屬於他而不是我的孩子了。然後我已經準備好面對死亡了。

某天我正在跟寇拉聊天。她為我禱告，因為她相信我對罪一無所知，也希望我跪下來禱告，因為對一般人而言，罪不過是語言上的問題，救贖也不過是些一詞彙組成的概念。

18 可參考《以賽亞書》第三十八章第一節：「你要把你的家整頓妥當，因為你快要死去，不能存活。」（Set thine house in order: for thou shalt die, and not live.）

惠特菲爾德

當他們告訴我她快撐不住時，我整個晚上都在跟撒旦搏鬥，最終我勝出了。我清醒地意識到自己犯的罪如此巨大；我終於見到了真正的光，然後跪下向上帝懺悔，希望祂指引我，我也接受了祂的指引。「動身吧，」祂說：「去彌補吧，你在那個家中留下一個活生生的謊言，你對他們做的事違背了我的教誨；大聲告解你的罪吧。只有他們和那名受欺騙的丈夫才能原諒你，我不行。」

所以我去了。我聽說涂爾那邊的橋已經沒了；我說：「感謝，噢吾主，噢世間一切的偉大統治者。」既然必須克服那些危險及困苦，就代表祂還沒放棄我；既然如此，當我再次受到祂神聖的和平及愛所接納，那感覺一定更甜美。「在乞求那名遭我背叛的男子的原諒之前，求祢別讓我滅亡，」我禱告：「求祢別讓我太遲；求祢別讓我和她踰矩的故事先由她而非我口中說出。她曾發誓永不洩密，但永恆面對起來多讓人恐懼呀：我不也才跟撒旦近身纏鬥了一番嗎？求祢別讓她打破誓言的罪降到我的靈魂。求祢讓我面對我所傷害之人，讓我淨化我的靈魂，在此之前，求祢別讓昭示祢神聖怒火的洪水包圍我。」

是祂的手保我安全渡過洪流，讓我避開大水帶來的危險。我的馬嚇壞了，而當圓木及連根拔起的樹木朝渺小的我大舉襲來，就連我的心也辜負了我的期待。但我的靈魂沒有：一次又一次，我看見那些障礙物在帶來毀滅的倒數最後一秒避開了，而我提高音量壓過洪流的嘈雜：「讚美祢，噢偉大的吾主吾王。以此為象徵，我將淨化的我靈魂，將能再次進入擁有祢不朽慈愛的羊欄。」

我當時就知道自己能得到原諒。我把洪流和危險拋在身後，隨著我在堅實的土地上騎馬前行，屬於我的客西馬尼園[19]場景也就逐漸逼近，我也開始思考該使用的措詞。我會走進屋子；我會在她開口前阻止她；我會告訴她丈夫：「安斯，我犯了罪。你想怎麼處置我都行。」

19　客西馬尼園（Gethsemane）位於耶路撒冷，是一座果園，耶穌就是在此等待背叛自己的門徒猶大。

一切彷彿已經完成了一樣。我的靈魂多年來第一次感到更自由、更寧靜；我一邊騎馬一邊感覺再次置身於持久的平靜中。無論往哪兒看，我都能看到祂的手；我能在心中聽到祂的聲音：「勇敢一點。我與汝同在。」

然後我抵達了涂爾家。他最小的女兒走出來在我經過時叫住我，說她已經死了。

「我犯了罪，噢吾主。祢最清楚我有多懊悔，也清楚我的決心有多堅定。但祂是慈悲的；祂會採納我想貫徹決心的堅定意志；祂知道當我在為告解措詞時，內心訴說的對象是安斯，儘管他本人並不在場。是祂靠著祂無限的智慧，制止了她在垂死之際，向圍在身邊愛她、信任她的人說出這段韻事；我之所以被危險的河水拖絆住，也是祂親手使力的結果。讚美祢慷慨及無所不在的愛；噢讚美祢。」

我走入那棟充滿哀痛的屋子，這個寒微的住所躺著另一個犯錯的凡人，她的靈魂面對的是糟糕且無從挽回的審判，願她的骨灰安息[20]。

「願上帝恩典降臨這棟家屋。」我說。

20 一般的說法是「願她的靈魂安息」（peace to her spirit）。

達爾

他騎馬到雅姆斯提德家，然後再騎馬領著他家的車騾回來。我們把騾子栓上車，讓凱許躺在愛笛的棺木上。我們扶他躺下時，他又吐了，不過倒是及時轉頭吐到馬車底板上。

「他肚子上也挨了一擊。」佛爾農說。

「或許是那匹馬也踢了他一腳，」我說：「牠有踢你肚子嗎？凱許？」

他想開口說些什麼。杜葳。戴爾又為他擦了一下嘴。

「他說什麼？」佛爾農問。

「你說什麼？凱許？」杜葳．戴爾問。她彎腰靠向他。「他的工具。」她說。佛爾農取了工具放進馬車。杜葳．戴爾抬起凱許的頭好讓他能看見。我們駕著馬車繼續往前，杜葳．戴爾和我坐在凱許兩邊，穩住他的身體，而他則在前頭騎著馬。佛爾農站在那裡目送了我們一陣子，接著轉身走向橋的方向。他走得小心翼翼，雙手開始像鳥的翅膀上下鼓動，襯衣溼答答的袖子彷彿剛浸過水一樣。

他坐在大門前的馬上。雅姆斯提德在大門前等著。我們停下車，他下馬，我們把凱許搬下後帶進屋裡，雅姆斯提德太太已經在裡頭準備好了。我們讓她和杜葳·戴爾替凱許脫衣打理。

我們跟著爸走向屋外的馬車。他回去之後上了車，繼續往前駕駛，我們則徒步跟著走進院子。但我們一身溼的場面起了作用，因為雅姆斯提德說：「歡迎你們進屋來。你們可以把棺木留在那兒。」他領著馬跟上來，就站在馬車旁，手裡握著韁繩。

「我感謝你，」爸說：「我們用那邊的穀倉車棚就好。我知道我們太麻煩你了。」

「歡迎你們進屋裡來。」雅姆斯提德說。他的臉上又出現那種木頭般的表情；那種無畏、篤定、誇張的僵硬表情，彷彿他的臉和眼睛是兩種不同顏色的木頭：一種是錯誤的淺色，而另一種是錯誤的深色。他的襯衣已經開始乾了，但身體有動作時仍緊貼在皮膚上。

「她會很感激的。」爸說。

我們把車騾卸下，把馬車倒退著推進車棚下。車棚的一側屋頂有個洞。

「棚裡頭不會淋到雨，」雅姆斯提德說：「但若你們願意……」

我們在穀倉背後找到一些生銹的錫皮蓋板，拿了兩片蓋在洞上面。

「歡迎你們進屋。」雅姆斯提德說。

「多謝你了，」爸說：「若你能給他們一點食物吃，就太感恩了。」

「當然，」雅姆斯提德說：「只等她把凱許打理妥當，晚餐很快就會準備好。」他已經回到馬的身邊，卸下馬鞍，移動時，因為潮溼而溼黏打褶的襯衣平貼在皮膚上。

爸不肯進屋。

「進來吃點吧，」雅姆斯提德說：「就快準備好了。」

「我什麼都不渴求，」爸說：「多謝你了。」

「你進來，把身體弄乾，吃點食物，」雅姆斯提德說：「這裡不會有問題的。」

「就為了她吧，」爸說：「我是為了她才進食。我沒有車騾，什麼都沒了。不過她會感激你們每個人。」

「當然，」雅姆斯提德說：「你們其他人也都進來，把身體弄乾吧。」

雅姆斯提德給了爸一杯酒，他喝下後感覺好多了，但我們進屋去看凱許時，他卻不願跟我們去。我回頭時，看到他正領著馬走進穀倉，爸已經談起要買另一對車騾，到了晚餐時間，他也真的已經把車騾買到手了。他在穀倉那裡，身手輕快，滑步閃過馬浮誇撲來的迴旋踢，帶著馬走進穀倉。他爬上馬槽，拉下乾草，然後離開馬廄，到處搜尋後找到刮泥梳。接著他回去，快速閃過馬的用力一踢，身體緊抵住馬身，馬反而因此踢不到。他用刮泥梳刷馬毛，在馬攻擊的半徑範圍內，用特技演員般的靈敏身手不停閃躲，輕聲以猥瑣的寵愛話語咒罵牠。牠的頭不停往後甩，咬牙切齒，一片暮色中，那雙眼睛轉動得像是擺在俗麗天鵝絨布上的兩顆彈珠，而他拿起刮泥梳的另一面敲牠的臉。

雅姆斯提德

我又給他啜飲一口威士忌，晚餐已經快好了，不過此時他已從某人手裡賒帳買了一對車騾。但他卻又挑揀起來，說什麼他其實不喜歡這對車騾，才不想把錢花在那個什麼某某某的東西上，就連一只雞籠也不跟他買。

「你可以試著去問史諾普斯家，」我說：「他有三、四對車騾。說不定其中能有一對合你的意。」

然後他開始喃喃自語，眼睛盯著我，彷彿我是這個鄉下唯一擁有車騾卻又不肯賣給他的人，不過我也知道，無論我喜不喜歡，最後有可能把他們馬車駕出我家院子的，一定就是我的車騾。我只是不知道他們一旦有了車騾打算怎麼做。小約翰告訴我，穿越海利河灘地的河堤已被沖掉兩英里，若想去傑佛森，只能從通往默特森的路繞過去。但那是安斯要煩惱的事了。

「他這個人交易起來可小氣了。」他嘴裡喃喃自語。不過我晚餐後再給他啜一小口酒之後，他又稍微高興起來。他打算回穀倉和她待在一起。或許他以為只要他待在那裡，隨時準備好出發，耶誕老人就會給他帶來一對車騾。「但我想應該能讓他回心轉意，」他說。「任何人都會幫助手頭緊的人，只要他身體裡還有一滴基督徒的血液。」

「我當然歡迎你用我家車騾。」我說，關於這句話，我很清楚他大約信了幾分。

「多謝你了，」他說：「她會希望由自家車騾給她送葬。」而關於這句話，他也很清楚我大約信了幾分。

晚餐之後，珠爾騎馬到河彎地把皮巴迪接來。我聽說皮巴迪今天計畫去那裡的法爾農家。珠爾回來時差不多是午夜。皮巴迪已經跑去印佛那斯以南的某地，不過還有比利叔叔跟他一起回來，還帶了給馬治病的小醫藥包。正如他所說，到頭來一個人跟一匹馬、一頭騾子又能有什麼差別？頂多就是騾子和馬還更有腦子一點罷了。「你又招惹上什麼麻煩了呀？孩子？」他看著凱許問：「給我一條墊被、一把椅子和一瓶威士忌。」他說。

他讓凱許喝了點威士忌，接著把安斯趕出房間。「幸好他斷的是去年夏天斷過的那條腿，」安斯哀痛地喃喃自語，不停眨眼。「真是幸好。」

我們把墊被摺起來，鋪在凱許腿上，再把椅子放在墊被上，我和珠爾幫忙擺椅子，而那姑娘拿著燈，比利叔叔則嚼了口菸草後準備上工。凱許有陣子掙扎得厲害，最後終於昏了過去。他就這麼躺著不動，臉上大顆大顆的汗珠兀立著不動，彷彿它們才剛開始滾動，接著又決定停下等他。

等他醒來時，比利叔叔已經打包好工具離開了。他一直試圖說些什麼，終於那姑娘彎腰，把他的嘴擦乾淨。「他在說他的工具。」她說。

「我帶進來了，」達爾說：「在我這裡。」他又試圖說些什麼；她彎腰去聽。「他想看到工具。」她說。所以達爾把工具拿進房間，放在他能看到的地方。他們把工具推到床邊地板上，只要他感覺好一點了，隨時都能伸手往下摸到工具。隔天早上安斯牽馬出來，騎去河彎地找史諾普斯。他和珠爾在院子交談了好一陣子，接著安斯上馬出發。我想這還是珠爾第一次讓其他人騎那匹馬，而直到安斯回來之前，他始終極度憤慨、沮喪地盯著道路，彷彿大半心思都正追著要安斯把馬騎回來。

時間接近九點，天氣已經變熱。當時我見到了第一隻禿鷹。因為棺材浸水了吧，我想。不過直到過了大半天後，我才真正看到牠們。幸好微風一直把味道由屋子往外吹，所以牠們直到早晨過了大半才出現。不過一旦看到之後，即便身處一英里以外的田地，我都覺得光望著牠們就能聞到那味道，而牠們在天上不停、不停盤旋，搞得彷彿鄉間所有人都能看到放在我穀倉裡的那個東西。

我在距離屋子還有至少足足半英里時聽到那男孩大吼。我以為他可能是掉進水井之類的，所以立刻匆匆大步趕回院子。

穀倉內的橫梁上至少坐了十幾隻禿鷹，那男孩正像追趕火雞一樣跑在另外一隻身後，但牠飛翔的高度剛好足以躲開他的攻擊，隨即又再次拍著翅膀飛回車棚屋頂；剛剛那男孩是在棺材上頭發現牠的。天氣當時已經變熱，微風已經緩和下來，或者改變風向之類的，所以我去找珠爾，但此時露拉走了出來。

「你得做些什麼，」她說：「這太不像話了。」

「我是打算有所行動。」我說。

「太不像話了，」她說：「他應該因為這樣對待她而接受法律制裁。」

「他只是盡力把她送到最好的墓地。」我說。我找到珠爾，問他是否要騎其中一頭騾子去河彎地看一下安斯的狀況。他什麼都沒說，只是盯著我，他的下巴逐漸變得白骨般蒼淡，雙眼也一樣變得蒼淡，接著他一邊走一邊開始喊起達爾。

「你打算怎麼做？」我問。

他沒回答。達爾走出來。「動作快。」珠爾說。

「你打算怎麼做？」達爾問。

「打算移動馬車。」珠爾轉頭說。

「別傻了，」我說：「我沒別的意思。遇到這種狀況也真是沒辦法。」

達爾也畏縮不前，但什麼都阻止不了珠爾。

「閉上你那張天殺的嘴。」他說。

「就算推出來也得有個目的地，」達爾說：「我們等爸一回來就出發。」

「你不幫我忙嗎？」珠爾問，他的眼白彷彿骨白似蒼淡，雙眼似乎發出怒火，臉部也彷彿染上瘧疾一樣開始發顫。

「不，」達爾說：「我不要。我們等爸回來吧。」

所以我站在門內，望著他對著那台馬車又拖又拉。由於那裡的地勢往後斜，我一度以為他打算撞破車棚後壁。接著晚餐鈴響起。我叫他，但他沒回頭。「來吃晚餐吧，」我說：「也叫那男孩來。」但他沒答腔，所以我逕自去吃了晚餐。那姑娘去喊了那男孩，但回來時只有一個人。晚餐大概吃到一半，我們又聽到男孩在大吼大叫，東奔西跑地要把禿鷹趕走。

「太不像話了，」露拉說：「不像話。」

「他已經盡力了，」我說：「任何人都不可能在三十分鐘內跟史諾普斯談定交易。我想他們整個下午都得坐在樹蔭下討價還價。」

「盡力嗎？」她說：「盡力嗎？他盡力做出的好事還真是夠多了。」

而我認為他盡力了。問題是，要是他放棄了，我們就得接手了。他不可能從任何人手上買到車騾，尤其是史諾普斯，而且就算他有足以抵押的物品，他大概也搞不清楚。因此當我回到田地去時，我看著我的騾子，知道自己得和牠們暫別一段時間了。那晚我回家，太陽一整天都曬著那座車棚，我會為這個決定後悔嗎？此時我已經不太確定了。

他騎馬回來時，我正好走上穿廊，而他們所有人也都在場。他的表情看起來有點古怪：似乎比平常更羞恥，但又有點驕傲。彷彿他成功耍了點小聰明，但又不確定其他人會怎麼想。

「我搞到一隊車騾了，」他說。

「你從史諾普斯手上買到的？」我問。

「史諾普斯不是這鄉下地方唯一有在交易騾子的人吧。」他說。

「當然。」我說。他盯著珠爾，還是那一副古怪表情，但珠爾已從穿廊走下階梯，朝著他的馬走過去了。為了去看安斯有沒有對他的馬幹什麼好事吧，我想。

「珠爾，」安斯喊。珠爾走回來。「回來這裡。」安斯說。珠爾稍微回頭走了幾步，卻又再次停步。

「你想怎樣？」他問。

「所以你從史諾普斯手上買到車騾了，」我說：「他們今晚先顧著牠們嗎？你明天應該會想一大早出門，畢竟還得從默特森繞一大段路呢。」

接著他本來維持一陣子的狀態消失了。臉上又出現那種之前備受打擊的模樣，口中還喃喃自語。

「我真是盡力了，」他說：「老天爺在上，這世上沒有男人像我這麼慘，怎麼可能承受過這麼多試煉跟藐視呢？」

「能在交易中佔到史諾普斯的便宜，感覺一定很好吧，」我說：「你拿什麼去換了，安斯？」

他沒看我。「我拿耕耘機和播種機去做動產抵押。」

「但這兩個東西價值還不到四十塊。四十塊買來的車騾能帶你走多遠？」

他們現在全沉默地直直盯著他看。珠爾被叫住了，身體往後轉了半圈，等著要往馬的方向走。「我還給了其他東西。」安斯說。他口中再次開始喃喃自語，彷彿站在那裡等著某人來打他，而他已決心不會嘗試阻止自己被打。

「什麼其他東西？」達爾問。

「見鬼了，」我說：「你帶我的車騾去吧。結束後再送回來就好了。這段時間我可以湊合著過。」

「所以你昨晚翻凱許的衣服就是這個緣故。」達爾說。他的語氣彷彿是在朗讀一張紙上的文字，彷彿說到底他其實天殺的啥都不在意。珠爾已經走回來了，就站在那裡，用他那彈珠一般的雙眼盯著安斯。「凱許打算用那筆錢跟蘇雷特買那台會發出聲音的機器[21]。」達爾說。

安斯站在那裡，口中喃喃自語。珠爾盯著他。雙眼始終沒眨一下。

「但那也只有八塊錢，」達爾說，口氣像是只打算聆聽，但說到底天殺的啥都不在意。「這樣還是買不起一隊車騾。」

安斯看了珠爾一眼，就迅速瞄了一眼，彷彿只是眼珠子往旁邊滑了一下，接著再次垂眼往下看。「天知道哪有人像我這麼可憐呢？」他說。他們仍然什麼話都沒說，只是盯著他瞧，等待，而他的視線從他們的腳爬升到腿，然後再往上爬。「還有馬。」他說。

「什麼馬？」珠爾說。安斯只是站在那裡。老天呀，一個男人該有辦法管教他的兒子，也該有辦法隨時把他們從家裡趕出去，無論他們年紀多大都一樣。若他沒辦

21 此處指留聲機（Phonograph）。

法，老天呀，他就該自己滾出去。要我就會這麼做。「你是說，你剛剛想拿我的馬去換？」珠爾問。

安斯站在那裡，雙臂垂落。「十五年來我的嘴裡沒一顆牙，」他說。「上帝為證。祂知道我這十五年來，沒吃過祂那些讓人吃了有力氣的食物，而我這裡存五分、那裡存五分，就為了讓家人不受苦，也為了吃上帝指定的食物買我的牙。我把買牙的錢也花出去了。我想既然我不吃東西也能活，我兒子不騎馬應該也能活吧。上帝為證。」

珠爾雙手撐在臀部上，雙眼盯著安斯。接著他別開眼神。他遠遠望向田地，臉仍像一顆石頭般僵硬，彷彿是別人在談別人的馬，而他甚至沒在聽。然後他吐了一口口水；緩慢地說了一句「見鬼」後轉身走向大門，解下拴著的馬繩後騎上去。他在都還沒坐穩馬鞍，牠就已經開始移動腳步，等他坐上去後，一人一馬立刻沿路狂奔而去，彷彿背後有執法人員在追捕。他們一下就消失在我們的視線範圍以外，一人一馬就像某種帶有斑點的旋風。

「哎呀，」我說：「你用我的車騾吧。」我說。但他就是不願意。他們甚至不肯繼續待著，而那個男孩整天在大太陽底下趕禿鷹，簡直要變得跟他們其他人一樣瘋。

「至少把凱許留下來吧。」我說。但他們連這樣都不願意。他們用毯子在棺木上給他鋪了張小床，讓他躺進去，再把他的工具擺在他身邊，然後我們把我的車騾拴上，將馬車沿路拖了大約一英里。

「如果我們待在這裡會麻煩你，」安斯說，「儘管說就是了。」

「沒事的，」我說：「待在這兒不錯，也安全。現在我們回去吃晚餐吧。」

「多謝你了，」安斯說：「我們籃子裡有一點吃的。可以湊合著吃。」

「那些食物哪來的？」我問。

「從家裡帶來的。」

「那現在都已經餿了啦，」我說：「來吃點熱騰騰的食物吧。」

但他們不肯來。「我相信我們可以湊合著吃就行了。」安斯說。所以我回去，吃了晚餐，拿了籃食物給他們，然後再次試著說服他們回到屋內。

「多謝你了，」他說。「我們這樣湊合著就行。」所以我把他們留在那裡。他們一夥人就這樣蹲在一小簇火旁，就這樣等著。天知道是為了什麼。

我回家。我一直想著待在那裡的他們，想著那個騎馬狂奔而去的傢伙。那是他們最後一次看到他了。老實說我也真不怪他。不是因為必須放棄他的那匹馬，而是被安斯當成一個該死的傻子捨棄掉了。

至少當時我是這麼想的。天曉得安斯這該死的傢伙是怎麼回事，每個人都覺得必須幫他，即便心知肚明下一秒就會想揍他。隔天早餐過後一小時，在史諾普斯那邊工作的尤斯泰思．葛林姆帶了一對騾子來找安斯。

「我以為他和安斯的交易沒成。」我說。

「當然成了，」尤斯泰思說：「他們缺的就是那匹馬而已。就像我跟史諾普斯先生說的，他可以用五十塊賣掉這隊車騾，畢竟當初要是他的弗雷姆叔叔在有好好留下這批德州馬，安斯就不可能──」

「馬？」我說：「安斯的兒子帶著那匹馬昨晚跑掉了，說不定去德州的路都走了一半咧，至於安斯──」

「我不知道是誰把馬帶來的，」尤斯泰思說：「我沒見到他們來。我純粹是今早去穀倉餵牲口時，發現了這匹馬，我跟史諾普斯報告，他就叫我把這隊車騾帶來這裡。」

好吧，此後他們怕是再也見不到他了，這點我倒是挺確定的。耶誕節來的時候，他們或許會收到一張來自德州的明信片，我想。如果不是珠爾把馬帶去，我想我也會幫忙帶去；我就是彷彿天生欠他這麼多，我本人。天曉得，安斯一定有某種對人施法的能力。他還真是個狠角色。

瓦達曼

現在牠們有七隻了，牠們在高處盤旋出一個個黑色小圓圈。

「瞧，達爾，」我說：「看到了嗎？」

他往上看。我們看著牠們始終在同樣地方盤旋。

「昨天只有四隻。」我說。

穀倉上頭的禿鷹超過四隻。

「如果禿鷹想降落在馬車上，你知道我會怎麼做嗎？」

「你會怎麼做？」達爾說。

「我不會讓禿鷹降落在她的棺木上，」我說：「也不會讓牠降落在凱許身上。」

凱許病了。他躺在棺材上病了。但我母親是條魚。

「我們得去默特森弄點藥，」爸說：「我想我們非這麼做不可。」

「你感覺如何？凱許？」達爾說。

「沒什麼大問題。」凱許說。

「要我們幫你把腳墊高一點嗎？」達爾問。

凱許有條腿斷了。他已經斷過兩次腿了。他躺在棺材上，頭底下墊了一條捲起來的毯子，膝蓋底下還墊了塊木頭。

「我想我們得把他留在雅姆斯提德家。」爸說。

我一條腿也沒斷過，爸沒有，達爾也沒有，而且「就只是撞到河床有些突起的地方，」凱許說：「就在突起的地方擦撞了幾下。沒什麼大問題。」珠爾已經跑了。他和他的馬在某天晚餐時跑了。

「因為她不願我們有所虧欠，」爸說：「老天爺在上，身為一個人，我真是盡力了。」是因為珠爾的母親是一匹馬嗎？達爾？我問。

「或許我可以把繩索綁緊一點。」達爾說。那就是為何珠爾和我都在車棚中而她在馬車裡，因為馬本來就該住在穀倉裡而我得繼續跑來跑去把禿鷹趕走從

「你想做就做吧。」凱許說。而杜葳．戴爾沒斷過腿，我也沒有。凱許是我的哥哥。

我們停下。達爾把繩索鬆開時，凱許又開始冒汗。他掀開嘴唇露出牙齒。

「痛嗎？」達爾問。

「我想你最好趕快綁回去。」凱許說。

達爾把繩索綁回去，綁緊。凱許又露出牙齒。

「痛嗎？」達爾問。

「沒什麼大問題。」凱許說。

「要爸把車駕駛得慢一點嗎？」達爾問。

「不，」凱許說：「沒時間悠哉了。沒什麼大問題。」

「我們得去默特森弄點藥，」爸說：「我想我們非這麼做不可。」

「叫他繼續走。」凱許說。我們繼續前進。杜葳．戴爾身體往後傾斜，伸手擦了擦凱許的臉。凱許是我的哥哥。但珠爾的母親是匹馬。我的母親是條魚。達爾說等我們再次抵達水邊，我可能會在水裡見到她，而杜葳．戴爾說：她在棺材裡，怎麼可能跑出來呢？她從我鑽的洞跑出來啦，我說，她鑽過洞跑進水裡，而等我們再次抵達水邊，我就會看到她了。我的母親沒在棺材裡。我的母親聞起來才不是那種味道。我母親是條魚。

「等我們到傑佛森時，那些蛋糕的狀況一定好極了呢。」達爾嘲諷地說。

杜葳．戴爾沒回頭看他。

「妳最好在默特森就想辦法賣掉。」達爾說。

「我們什麼時候會到默特森，達爾？」我問。

「明天，」達爾說：「如果這隊車騾的骨架沒散的話。史諾普斯八成都是用鋸木屑在餵牠們。」

「他為什麼要餵牠們吃鋸木屑？達爾？」我問。

「瞧，」達爾說：「看到了嗎？」

現在禿鷹有九隻了，在高處盤旋出一個個黑色小圓圈。

抵達山腳下時，爸停車，達爾、杜葳．戴爾和我下車。凱許沒辦法走，因為他有條腿斷了。「來呀，騾子。」爸說。騾子走得辛苦；馬車發出吱吱嘎嘎的聲響。達爾、杜葳．戴爾和我跟在馬車後頭走上山。等我們到了山頂，爸停下，我們又爬回馬車上。

現在禿鷹有十隻了，在高高的天空上，盤旋出一個個黑色小圓圈。

摩斯利

我剛好往外看，就看到她站在窗外往內瞧。她距離玻璃不近，只是站在那兒，頭往這個方向轉，雙眼直盯著我，但又有點放空的感覺，彷彿正在等候一個徵兆。等我再次抬頭看時，她已經走向門口，有點笨拙地打不開紗門，就跟其他那些客人一樣，接著走了進來。她頭上戴了硬邊稻草帽，手上拿了個報紙包裹：我猜她身上大概就帶了二十五分錢吧，頂多一塊錢，還猜她站了一陣子之後，應該會買把便宜的梳子，或一瓶黑人用的廉價淡香水，所以我大概有一分多鐘沒理會她，只注意到她有一種陰鬱、笨拙的美，而且穿著那身格紋棉布洋裝很好看，皮膚不上妝也好看，無論之後她決定買什麼做出最終搭配，總之一定是現在這樣好多了。她說出口想要的東西也不可能讓她變得比現在美。我知道她進門前就已做好決定。但你通常得讓他們自己慢慢來。所以我繼續做本來在做的事，心想就讓在飲料區[22]那邊忙著的亞伯特去接待她吧，而此時他回來了。

「那個女人，」他說：「你最好去看看她需要什麼。」

「她要找什麼？」我問。

「我不知道。我什麼都問不出來。你最好去招呼她一下。」

所以我繞過櫃台。我看到她光著腳，腳底板狀似自然地平貼在地板上，彷彿已經非常習慣光腳。她盯著我看，使勁盯著，手裡拿著包裹；我發現她有一對我看過最烏黑的雙眼，而且是個我不認識的人。我從不記得在默特森見過她。「我能幫上妳什麼忙嗎？」

她還是什麼都不說。只是眼也不眨地瞪著我看。接著回頭看向聚在飲料機旁的一夥人。接著眼神越過我，直直看向商店後方。

「妳想逛那些保養品嗎？」我問：「還是需要一點藥？」

22 這裡指的是有裝設蘇打水飲料機的區域。美國在十九世紀中後期，幾乎所有藥局、雜貨店都設有這種區域，提供顧客加了糖漿或果汁的蘇打水。

「藥。」她說。她又快速回頭往飲料區那邊瞧了一眼。我想或許是她媽或某人派她來買一些女人家愛用的那種毒品[23]，但她又不好意思開口。我知道她自己還沒那種需要，藥也不是給她自己用的，以她的年紀，甚至可能還搞不清楚這種止痛藥是幹什麼用的。真可惜呀，她們這樣毒害自己。但在這種鄉下地方，要是不囤點這樣的貨，生意也就不用做了。

「噢，」我說：「妳需要什麼？我們有——」她再次望著我，幾乎像是剛才明明叫我閉嘴的模樣，接著再次望向商店後方。

「我想去後面那邊看一下。」她說。

「好吧。」我說。你總是得遷就他們一下。這樣也省時間。我跟著她走向後方。她把一隻手放在隔板門上。「那後面只有處方櫃台，」我說：「妳需要什麼？」她停止動作，望向我。彷彿已經掀開臉上的蓋子，然後露出那雙眼睛。她的那雙眼睛：有點遲疑、又滿懷希望，陰鬱卻願意承受任何失望。不過她一定遇上某種麻煩了，我看得出來。「妳遇上什麼麻煩了？」我問。「告訴我妳需要什麼。我挺忙的。」我不是想催她，但男人就是不像她們女人一樣擁有大把時間。

「女人會遇上的麻煩。」她說。

「噢，」我說：「就這樣嗎？」我想她的實際年齡應該比外表年輕，大概被月經第一次來嚇壞了，又或者經歷了一次以年輕女性的角度看來不太對勁的經期。「妳媽人呢？」我問：「她沒來嗎？」

「她在那邊的馬車上。」她說。

「吃任何藥之前，不如先跟她聊聊？」我問：「任何女人都可以跟妳聊。」她望著我，我也望著她，「妳幾歲？」

「十七。」她說。

「噢，」我說：「我以為妳可能……」她盯著我瞧。但接著，那雙眼睛看起來彷彿沒有年紀之分，而且不知為何早已透悉世事。「妳是月經來得太常來，還是來得太少？」

23 這裡指的是經痛時吃的止痛藥，但因為當時這類藥品含有大量酒精，所以成為被當成「毒品」看待的另類「非法藥物」。

她不再看我，但沒有移動。「沒錯，」她說：「我想是這樣。沒錯。」

「所以是哪種？」我問。「妳自己搞不清楚嗎？」用藥真是項罪行，是羞恥的事；但反正她們總能從某人手中買到藥。她站在那裡，沒看我。

「妳要的是讓月經停止的藥嗎？」我問：「是這樣嗎？」

「不是，」她說：「已經是那樣了。月經已經停了。」

「好吧，那到底——」她的臉往下垂了一些，靜止不動，她們每次跟男人交鋒都是這個模樣，為的是不讓他們知道下一道閃電會從哪裡劈來。「妳還沒結婚，對吧？」

「對。」

「噢，」我說：「那妳的月經已經多久沒來？大概五個月了？」

「才兩個月。」她說。

「這樣呀，我這裡沒有妳需要的藥，」我說，「除非妳要的是奶嘴。我建議妳買個奶嘴，回家，把事情告訴妳爸，如果妳有爸爸的話，然後讓他叫某人付錢為妳辦張結婚證書。妳還需要其他東西嗎？」

但她只是站在那裡，眼睛不看我。

「我有錢可以付。」她說。

「妳自己的錢嗎？或者對方還算個男人，所以給了妳錢？」

「他給我的。十塊錢。他說這樣就夠了。」

「在我的店裡，無論是一千塊還是十分錢都買不到，」我說：「妳聽我的建議吧，回家告訴妳爸或妳哥，如果妳有父親或兄長的話；不然就告訴妳在路上遇到的第一個男人。」

但她沒動。「拉菲說我能在藥房買到。他說只要告訴你，我們不會把你賣藥給我們的事透漏出去就行。」

「我只希望是妳那個寶貝拉菲本人來買藥；我還真這麼希望。怎麼說呢，我之前本來還有點尊敬他的呢，妳可以回去跟他這麼說，但我相信他現在八成已經在逃往德州的半路上。我是一名受人敬重的藥師，經營一家店，有家要養，而且五十六年來都是這個城裡的教會信眾。我很樂意親自幫妳把這件事告訴家人，只要讓我知道他們是誰。」

她現在望向我了，雙眼和臉上幾乎再次一片空白，就像我之前透過窗戶看到她的模樣。「我不知道該怎麼辦，」她說：「他說我可以到藥局來買到東西。他說他們可能不想賣給我，但如果我能付十塊錢，又保證不告訴任何人的話……」

「他一定沒點名這間藥房，」我說：「若他真敢提我的名字，我會要求他提出證明。我會要求他親口再說一次，不然就全面追究他的法律責任，妳可以這麼跟他說。」

「但說不定其他藥房會賣。」她說。

「那我也不想知道。我說，那實在——」然後我盯著她。他們過的生活也夠苦了；有時候，一個男人……若要說為犯下的罪找藉口，其實總是有辦法。生活向來不會放過大家：人們向來也沒理由要在死前保持一生良善。「聽我說，」我說。「把那個念頭從腦中丟掉吧。主給妳的就是妳應得的，只是可能藉由惡魔之手給妳；若祂的旨意是孩子不該留，妳再任由祂把孩子帶走。妳回去找拉菲，你們拿那十塊錢去辦結婚吧。」

「拉菲說我可以從藥房買到東西。」她說。

「那妳就去買吧，」我說：「但這裡是買不到的。」

她拿著包裹走出去了，腳掌在地板上擦出嘶嘶聲響。她又在門邊笨手笨腳弄了一下才走出去。我可以透過玻璃看到她沿路離開。

接下來的事是亞伯特告訴我的。他說馬車停在古魯梅特五金行前面，街道上下的女士都拿手帕掩住鼻子，另外有群不怕臭味的男人和男孩圍在馬車邊，聽警長跟那個男人爭論。那個坐在馬車上的男人挺高的，身材枯瘦，他說這是公共街道，他跟任何人一樣有權走在上面，警長卻說他得趕快離開；因為大家實在受不了。那死人已經死八天了，亞伯特說。他們來自約克拿帕托發郡的某個地方，想把死人送到傑佛森埋葬。那場面一定就像塊酸餿的起司給搬進蟻丘。那台馬車搖搖欲墜，亞伯特說大家都怕馬車會在離城前散掉；車裡就載著那副自家打造的棺材，棺材上鋪了毯子，還有個斷腿男人躺在上頭；那名父親和一個小男孩坐在馬車座位上，警長則希望他們能趕快出城。

「這是一條公共街道，」那男人說：「我們跟別人一樣可以停車買東西。我們有錢可付，而且沒有任何法律禁止一個人把錢花在他想花的地方。」

他們停下是為了買水泥。當時他的另外一個兒子在古魯梅特的店裡，正說服古魯梅特拆開一包水泥，好讓他只買個十分錢的水泥，最後古魯梅特為了打發他只好拆了包水泥。他們希望能想辦法用水泥固定那傢伙的斷腿。

「搞什麼，你會害死他的，」警長說：「你會害他沒了那條腿。帶他去看醫生吧，然後趕快把這東西拿去埋了。你不知道可能會因為危害公共衛生而坐牢嗎？」

「我們已經盡力了。」那位父親說。接著他說了一個好長的故事，說他們得等馬車回來但橋又被沖走了，他們只好又走八英里路到另一座橋但那座橋也沒了，所以他們回頭游過淺灘但騾子給淹死了，然後他們又買了另一對騾子卻發現路也被沖走了只好從另一邊的默特森繞路，然後那個買水泥的人回來叫他閉嘴。

「我們馬上離開。」他告訴警長。

「我們從來沒打算打擾任何人。」父親說。

「把那傢伙帶去看醫生吧。」警長跟拿著水泥的人說。

「我想他沒事的。」他說。

「倒不是說我們鐵石心腸，」警長說：「我想你們也清楚自己是什麼情況。」

「當然，」另一個人說：「我們等杜葳・戴爾回來就離開。她去送一個包裹了。」

所以他們就站在那裡，身旁圍著拿著手帕遮臉往後退的群眾，終於過了一會兒，那女孩拿著那個報紙包裹回來了。

「快點，」拿著水泥的人說，「我們浪費太多時間了。」所以他們上了馬車，出發。等我去吃晚餐時，似乎都還能聞到那股氣味。隔天我碰到警長時，立刻一邊嗅聞一邊開口。

「有聞到什麼嗎？」

「我想他們現在應該已經到傑佛森了。」他說。

「或者在牢裡。哎呀，感謝主，幸好不是在我們這座城的牢裡。」

「這話說的倒是。」他說。

達爾

「這附近有個地方，」爸說。他把車騾停好，坐在馬車上朝著那棟房子看，「我們能在那兒找到一點水喝。」

「好吧，」我說：「妳得去跟他們借個水桶，杜葳．戴爾。」

「上帝為證，」爸說：「要我就不會欠人情，上帝為證。」

「若有看到尺寸夠大的鐵罐，也可以帶來，」我說。杜葳．戴爾下了馬車，手裡還拿著那個包裹。「看來要想在默特森賣蛋糕，比妳想像中還難吧。」我說。我們的生活是怎麼散落成這種無風、無聲，並由各種令人厭倦的姿態所令人厭倦地總結的生活呢：我們最終只是舊有衝動的回音，成為沒有線牽著也沒有手操弄的玩偶：在夕陽的背景下，我們陷入一種憤怒心態，如同玩偶只能擺出死氣沉沉的姿態。凱許斷了腿，而現在塞在玩偶裡頭的鋸木屑已經快要流光。他快要流血致死了呀是凱許呀。

「要我就不會欠人情，」爸說：「上帝為證。」

「那就自己去裝點水，」我說：「我們可以用凱許的帽子。」

杜葳．戴爾走回來時，有個男人跟著她回來。接著他停步，讓她一人繼續走過來，那男人站在那裡一陣子後走回屋子，就站在穿廊上望著我們。

「我們最好別想把他抬下來，」爸說：「我們可以在這兒處理他的腿。」

「你想被抬下來嗎？凱許？」我問。

「不是明天就到傑佛森了嗎？」他說。他盯著我們，雙眼彷彿也在質問，態度專注又哀傷。「我能撐過去。」

「處理過會比較舒服一點，」爸說：「免得一直摩擦。」

「我能撐過去，」凱許說：「停下來只會浪費時間。」

「反正水泥都已經買好了。」爸說。

「我能撐過去，」凱許說：「不過再一天而已。這傷真的沒什麼。」他盯著我們，雙眼在瘦長灰臉上睜得好大，一臉質問我們的樣子。「斷的地方已經固定了。」他說。

「反正水泥都買好了。」爸說。

我在罐子裡攪拌水泥，把水慢慢拌入淺綠色的厚重團塊中。我把罐子拿到馬車邊給凱許看。他仰躺著，細瘦側影因為背光而成為一塊黑黑的剪影，以天空為背景，那側影散發出一種苦修、深奧的氣息。

「拌成這樣可以了嗎？」

「水不要太多，不然無法正常凝固。」他說。

「水太多了？」

「或許可以加點沙子進去，」他說：「反正不過再撐一天，」他說：「對我來說完全沒差。」

瓦達曼沿路往回走，到我們跨越的一條河流支流邊，拿了沙回來。他把沙緩慢朝著罐內的厚重團塊倒進去。我又走到馬車邊。

「這樣看起來可以嗎？」

「可以，」凱許說：「就算沒用我也撐得過去。對我來說完全沒差。」

我們把夾板鬆開，把水泥倒在他腿上，緩慢地倒。

「小心一點，」凱許說：「拜託儘量別倒到棺材上。」

「好。」我說。杜葳．戴爾從包裹上撕了一小片報紙下來，每當有水泥從凱許腿上滴落，她就把泥跡從棺材上擦掉。

「感覺如何？」

「感覺不錯，」他說：「涼涼的。不錯。」

「希望能幫上忙，」爸說：「我懇求你的原諒。我之前跟你一樣，實在都沒料到會發生這種事。」

「感覺不錯。」凱許說。

但願你能在散落後融入光陰。那樣就太好了。若你真能散落後融入光陰就太好了。

我們重新把他的腿放上架板，用繩子綁好，等確認綁得夠緊後，那一團厚重的淺綠色水泥緩慢從繩與繩的間隙溢出，凱許繼續看著我們，仍然一臉彷彿在質疑我們的深奧表情。

「這樣就穩固了。」我說。

「沒錯，」凱許說：「感激不盡。」

接著我們全在馬車上轉身，我們盯著珠爾。他沿著我們身後的路走來，背像木頭打的，臉像木頭打的，只有屁股以下在動作。他走來時一言不發，高高在上的臉龐陰鬱，雙眼淺淡、僵直，然後他上了馬車。

「前面有座山丘，」爸說：「我想你們得下車用走的。」

瓦達曼

達爾和珠爾和杜葳·戴爾和我正往山丘上走，就跟在馬車後頭。珠爾回來了。他沿路跟來後上了馬車。他是用走的。珠爾沒有馬了。珠爾是我的哥哥。凱許是我的哥哥。凱許有條腿斷了。我們治了凱許的腿所以他的腿不痛了。凱許是我的哥哥。珠爾也是我的哥哥，但他沒斷任何一條腿。現在有五隻禿鷹了，高高在天上盤旋的五個黑色小圓圈。「牠們夜晚待在哪裡？達爾？」我問：「我們晚上待在穀倉，牠們呢？」

山丘的頂端直衝天際。接著太陽從山丘後方升起，而騾子和馬車和爸就這麼踩著陽光前行。你無法直視他們，因為他們緩慢走在陽光裡。傑佛森那台紅色小火車在櫥窗後方的軌道上。沿著軌道一圈圈閃著光芒。杜葳·戴爾是這麼說的。今晚我們待在穀倉時我倒要看看牠們待在哪裡。

達爾

「珠爾，」我問：「你是誰的兒子？」

微風從穀倉的方向吹來，所以我們把她放在蘋果樹下，在那裡，月光能將蘋果樹的斑駁光影投射在正沉睡的長板條上，而在板條箱中，她時不時說著話，那些祕密的喃喃自語如泡泡般一陣陣涓滴湧出。我要瓦達曼聽。我們靠近時，一隻貓從棺材上跳下，閃身而去，銀色的爪子和銀色的眼睛沒入陰影中。

「你的母親是匹馬，但你的父親是誰呢？珠爾？」

「你這婊子養的天殺的騙子。」

「別這樣說我。」我說。

「你這婊子養的天殺的騙子。」

「我不准你這樣叫我，珠爾。」就著天頂灑下的月光，他的雙眼像兩小片白紙黏貼在一顆高高在上的小足球表面。

晚餐之後，凱許稍微冒了一些汗。「感覺有點熱，」他說：「都是因為被太陽曬了整天，我想。」

「你要我們潑點水上去嗎？」我們說：「說不定會好一點。」

「感激不盡，」凱許說：「都是因為被太陽曬了整天，我想。我該先想到把腿遮起來才對。」

「我們才該先想到，」我們說：「你沒辦法料到這種事。」

「我一直沒注意到腿在發熱，」凱許說：「我該留心的。」

所以我們在上頭潑了點水。他在水泥底下的腿跟腳看起來像是給煮沸了一樣。

「好多了嗎？」

「感激不盡，」凱許說：「感覺不錯。」

杜葳．戴爾用她的洋裝裙襬為他擦了擦臉。

「試著睡一下吧。」我們說。

「當然，」凱許說：「真的是感激不盡。我現在感覺不錯。」

珠爾，我問，你的父親是誰？珠爾？
天殺的你。天殺的你。

瓦達曼

她在蘋果樹下而達爾和我跨越整片月光，貓跳下來跑了而我們可以聽見她在木頭裡邊窸窣。

「聽見了嗎？」達爾說：「把耳朵貼近一點。」

「她在說什麼呀？達爾？」我說：「她在跟誰說話？」

「她在跟上帝說話，」達爾說：「她在呼求祂的幫助。」

「她想要祂做什麼？」我問。

「她想要祂把自己藏到男人看不見的地方。」達爾說。

「為什麼她想藏到男人看不見的地方？達爾？」

「這樣她才能獻出她的生命。」達爾說。

「為什麼她想獻出她的生命？達爾？」

「聽呀。」達爾說。我們聽到她了。我們聽到她翻身側躺。

「聽呀。」達爾說。

「她翻身了，」我說：「她正透過這些木頭看著我呢。」

「沒錯。」達爾說。

「她要怎麼透過木頭看到我呀？達爾？」

「來吧，」達爾說：「我們讓她靜一靜。來吧。」

「她沒辦法從側邊看出來，因為我打的洞在蓋子上，」我說：「她要怎麼看到呀？達爾？」

「我們去瞧瞧凱許吧。」達爾說。

我看到了一件事，但杜葳．戴爾叫我別告訴任何人。

凱許的腿又惡化了。我們今天下午治了他的腿，但現在又惡化了，他只能這樣躺在床上。我們往他的腿上潑水，他感覺不錯。

「我感覺不錯，」凱許說：「多謝你們了。」

「試著睡一下吧。」我們說。

「我感覺不錯，」凱許說：「多謝你們了。」

然後我看到了一件事，杜葳・戴爾叫我別告訴任何人。那跟爸無關跟凱許無關跟珠爾無關跟杜葳・戴爾無關跟我也無關。

杜葳・戴爾和我打算打地鋪睡一下。那床就鋪在一棟屋子的後簷廊，可以看到穀倉，月光灑在小床下半邊，所以我們一半睡在白色所在，一半睡在黑色所在，而月光就照在我們腿上。接著我打算去看我們晚上待在穀倉時，牠們又待在哪兒。我們今晚沒待在穀倉，但仍可以看到穀倉，所以正好可以搞清楚牠們晚上待在哪兒。

我們躺在地鋪上，我們的腿攤在月光下。

「看呀，」我說：「我的腿看起來好黑。妳的腿也看起來好黑。」

「睡吧。」杜葳・戴爾說。

傑佛森真是遠得可以。

「杜葳・戴爾。」

「怎樣？」

「如果現在不是耶誕節，那東西又怎麼會在那裡？」

那東西沿著亮晶晶的軌道繞呀繞的。接著軌道本身也一圈圈閃耀著光芒。

「什麼會在那裡？」

「那台小火車呀。櫥窗裡的火車。」

「你快睡吧。你明天就能看到火車在那裡了。」

說不定耶誕老人搞不清楚哪些人是城裡的男孩呀。

「杜葳．戴爾。」

「你快睡吧。祂不會讓那些城裡男孩買走火車的。」

那台小火車就在櫥窗裡頭，在軌道上紅亮亮的，軌道本身也一圈圈閃耀著光芒。那讓我心痛。接著是爸和珠爾和達爾和吉萊斯比先生的兒子出現了。吉萊斯比的兒子在睡衣下方光著兩條腿。祂走進月光時兩條腿毛茸茸的。他們繞過屋子走向蘋果樹。

「他們打算做什麼？杜葳．戴爾？」

他們繞過屋子走向蘋果樹。

「我可以聞到她的味道，」我說：「妳也能聞到她的味道嗎？」

「噓，」杜葳．戴爾說：「風向變了。快睡吧。」

我很快就要知道牠們晚上待在哪兒了。他們一行人繞過房子，在月光下將她扛在肩上越過庭院：他們把她扛進穀倉，而月光平整安靜地灑落在棺木上。接著他們回頭再次進屋。當他們走在月光下時，吉萊斯比先生的兒子雙腿毛茸茸的。接著我等了一下我喊杜葳．戴爾？接著我等了一下我去找牠們晚上待在哪裡，然後我看到了一件事而杜葳．戴爾叫我別告訴任何人。

達爾

以陰暗的門口為背景，他似乎是透過黑夜突然出現了形體，內衣底下的身子精瘦如一匹賽馬，此時火光已開始冒出。他跳進屋內地板，臉上表情是憤怒得不可置信。他早就看著我了，他的頭不用轉過來，眼睛也不用對過來，那雙炯炯眼神就已像兩隻小火炬般向我滑行而來。

「快點。」他說，同時跳下通往穀倉的斜坡。

有那麼一陣子，他在月光下如銀線飛馳，接著伸展開來，如同從錫片上俐落裁下的扁平人形，而背景是穀倉著火，裝乾草的頂間瞬間無聲爆破，彷彿裡頭給塞滿了火藥粉。前方的錐形外牆及作為出入口的方孔已經塌毀，只剩矮胖的方形棺材像隻立體派的小蟲般棲息在鋸木支架上，姿態狀似鬆了口氣。在我身後，爸和吉萊斯比和麥克和杜葳·戴爾和瓦達曼都從屋內冒了出來。他停在棺材邊，屈著身體，看著我，表情非常憤怒。上方燃燒的火焰聽起來像打雷；一陣涼風拂過我們：裡頭還沒有丁點熱氣，在馬慘叫之處，有把粗糠被氣流突然帶起，沿著一個個　位快速被抽吸過去。

「快點，」我說：「去救那些馬。」

他又狠瞪了我好一陣子，接著瞪著頭上的屋頂，然後跳向馬正在慘叫的廄位。馬又衝又踢，一陣陣撞擊聲都被火焰的聲音吸走了，聽起來像是一台沒完沒了的火車正經過看不到盡頭的高架橋。吉萊斯比和麥克經過我身邊，他們身穿及膝睡衣，大吼大叫，那些聲響又細又高又毫無意義，同時又無比狂躁、傷感：「……母牛……廄位……」吉萊斯比的睡衣因為一陣風而往前掀起，在他多毛的大腿前鼓脹起來。

馬廄門已被砰一聲關緊，珠爾用屁股重新頂開後出現，他的背拱著，抓著一隻馬的頭把牠狠踐出來，我們可以透過衣服看到他肌肉繃起的稜線。一片火光中，牠的雙眼轉動，裡頭的火光是柔和、瞬息萬變，又狂野的蛋白色；馬的肌肉隨著頭亂揮亂轉而突起、起伏鼓動，過程中還一度把珠爾扯離地面。他繼續把馬往前拉，緩慢地、驚險地；接著他再次轉頭，快速而憤怒地狠瞪我一眼。即便一人一馬已經離開穀倉，那匹馬卻還在掙扎，還在想要往穀倉門口衝去，終於吉萊斯比經過我身旁，全身光溜溜的，因為他的睡衣已經裹在一頭騾子的頭上；他跑去揍那匹發狂的馬，終於在穀倉門外把牠制伏在地。

珠爾往回跑；途中一邊跑一邊再次低頭看了棺材一眼。「母牛在哪？」他在經過我時大叫，我跟在他身後。麥克正在廄位中跟另一頭騾子搏鬥。當牠的頭轉向火焰時，我也能看見牠的眼珠子狂亂滾動，但絲毫沒有發出聲響。那隻騾子就這麼站在那裡，轉頭盯著麥克，每次麥克想靠近就用兩條後腿踹過去。他回頭看著我們，雙眼和嘴巴像臉上的三個圓洞，雀斑則像散在盤面的豌豆。他的聲音又細又高，聽起來好遙遠。

「我沒辦法了……」他的聲音彷彿給從唇間掃去後升高、遠去，接著又從無垠的遠方跋涉回到我們耳裡。珠爾動作一氣呵成，快速經過我們身邊；騾子原地打轉後往外衝，但他已經抓住牠的頭。我靠向麥克的耳朵：

「睡衣。快包住牠的頭。」

麥克呆瞪著我，接著才扯下睡衣甩向騾子的頭，騾子立刻變得溫馴。珠爾對他大吼：「母牛呢？母牛呢？」

「在後面，」麥克大叫：「最後一個廄位。」

母牛直盯著我們走進去。牠已倒退到角落，頭垂得很低，同時仍繼續快速嚼著草料。不過看到我們時毫無動靜。珠爾暫停動作，抬頭看，突然我們看到從地板到頂間的形體完全消融，瞬間化成火焰；還有一小簇火星灑落下來。他四處張望。食槽後方下頭有把擠奶用的三腳凳。他於是抓起凳子往後牆的木板上砸。他先是把一塊木板砸裂，接著是另一塊，接著又砸裂第三塊；我們把破片全扯下來。正當我們在裂口彎腰幹活時，有東西從我們後方衝了過來。是那頭母牛；牠發出一聲口哨般的鼻息，從我們之間奔過後穿出裂口，直接跑向穀倉外的火光，牠的尾巴僵直聳立，彷彿有根掃把直挺挺釘在牠的尾椎上。

珠爾回頭走進穀倉。「這裡，」我說：「珠爾！」我抓住他；他把我的手打掉。「你這傻子，」我說：「看不出來嗎？沒辦法從那邊回去了。」入口處看來像被探照燈打亮的雨景。「快點，」我說：「從這邊繞過去。」

我們才穿過裂縫，他就開始跑。「珠爾。」我也跟著跑。他衝刺後繞過轉角。等我抵達那個轉角時，他都已經要跑到下個轉角了；他貼著火焰跑，身體就像從錫片裁下的人形。爸和吉萊斯比和麥克在一段距離之外，他們盯著穀倉；月光早已消失，穀倉在這樣的夜色中呈現出一整片粉紅色。「抓住他！」我大叫：「阻止他！」

等我跑到穀倉前，他已經在跟吉萊斯比纏鬥；其中一人穿著內衣，身體精實，另一人則徹底赤裸。他們就像希臘建築簷壁飾帶上的浮雕人物，紅色火焰將他們徹底從現實中凸顯出來。我還沒跑到他們身旁，他就已經把吉萊斯比打倒在地，之後轉身跑進穀倉。

火的聲音已變得相當平和，就像之前的河水一樣。我們透過穀倉門口逐漸解體的門框望過去，珠爾半蹲著跑到棺材距離我們較遠的那端，然後彎身傾向棺材。燃燒乾草落下的火星如同雨點，有那麼一刻，他抬眼，眼神透過那道雨點組成的珠簾往外望向我們，然後我能看見他的嘴形，他似乎是在叫我的名字。

「珠爾！」杜葳．戴爾大叫：「珠爾！」我似乎現在才開始聽到她過去五分鐘以來累積的聲音，也才聽見她在爸及麥克抓住她時的扭打及掙扎。她不停大叫「珠爾珠爾！」但他已經沒在看我們了。我們看見他的肩膀使力繃緊，把棺材立起來，然後單手把棺材從鋸木架上滑下。此刻在我們眼中，整副棺材如此高大，把他的身影完全擋住：我實在無法相信愛笛．邦德倫需要這麼大的空間才能躺得舒服；接著又有那麼一刻，棺材完全直立起來，而火星如雨點一陣陣爆炸後落在棺材上，彷彿是因為接觸到棺材又引發了另一陣火星。接著棺材往前傾倒，落下的速度愈來愈快，露出後頭的珠爾，由於火星也在他身上引起一陣陣火花，他看起來就像被包裹在一層薄薄的火之光輪中。棺材沒停下來，又被人往後立起，停住，然後再次緩慢衝破火星組成的簾子。這次珠爾直接騎在棺材上，死死抓住，直到棺材落下時把他往前甩離穀倉，接著麥克往前躍去，穿過一片彷彿有肉被輕微炙燒過的氣味，不停拍打那些在他內衣上的破洞，那些帶有赤紅邊緣且逐漸如花綻開的破洞。

瓦達曼

我去確認牠們夜晚待在哪裡時，我看到了一件事。他們問：「達爾呢？達爾去哪裡了？」

他們把她搬回蘋果樹下。

穀倉還是一整片紅通通的，但現在已經不算是座穀倉了。穀倉已經垮了，而紅色的火焰還在往上旋轉翻騰。穀倉本身也碎裂成小片小片地往上旋轉翻騰，背後襯著天空和星星，於是星星看起來彷彿正往後方移動。

然後凱許還醒著。他的頭不停左右轉動，臉上全是汗。

「你要我們再往腳上潑點水嗎？凱許？」杜崴．戴爾問。

凱許的腿和腳開始發黑。我們舉起燈，就著光檢查凱許腿和腳發黑的地方。

「你的腿看起來像是黑人的腿，凱許，」我說：「我想我們得把水泥打碎了，」爸說：「我的老天爺呀，你到底為什麼把水泥弄在上頭？」吉萊斯比問。

「我以為這樣能幫忙固定，」爸說：「我只是想幫他。」

他們拿了熨斗和槌子來。杜葳．戴爾把燈舉高。他們必須敲打得非常用力。然後凱許睡著了。

「他已經睡著了，」我說：「既然睡著了，就不可能弄痛他。」

水泥只是裂開，卻弄不下來。

「這樣會把皮也剝下來呀，」吉萊斯比先生說：「我的老天爺呀，你到底為什麼把水泥弄在上頭？而且難道你們沒人想到，需要先替他的腳抹點油嗎？」

「我只是想幫他，」爸說：「是達爾把水泥倒上去的。」

「達爾呢？」他們問。

「你們難道連這點道理也不明白嗎？」吉萊斯比先生說：「我本來以為至少他會想到。」

珠爾趴在地上。背上一整片紅通通的。杜葳．戴爾正在為他的背抹藥。這藥的成分有奶油和煤灰，為的是引出火氣。接著他的背就被抹成一片黑。

「會痛嗎？珠爾？」我說：「你的背看起來像黑人的背，珠爾，」我說。凱許的腳和腿看起來跟黑人一樣。接著他們把水泥打破。凱許的腳開始流血。

「你回去躺下，」杜葳・戴爾說：「你該去睡覺。」

「達爾呢？」他們問。

他在蘋果樹下跟她待在一起，就躺在她的棺材上。他在那裡確保貓不再回來。我問，「你打算待在這裡趕貓嗎？達爾？」

月光也斑斑駁駁灑在他身上。月光打在她棺材上的是靜止光影，但在達爾身上的斑駁光影卻上下搖曳。

「沒什麼好哭呀，」我說：「珠爾把她救出來了。不用哭呀，達爾。」

穀倉還是一整片紅通通的。不過現在已經沒那麼紅了。接著火光開始旋轉翻騰，星星彷彿沒有落下卻是往後快速退去。這場景讓我心痛，正如同火車讓我心痛。

我去確認牠們晚上待在哪裡時，我看到了一件事，杜葳・戴爾叫我絕不能告訴任何人。

達爾

我們已經好一段時間沒看到那些招牌了：藥房、服飾店、專利藥店、汽車修理廠和咖啡店，標記里程的標示數量也逐漸減少，內容也變得愈來愈直截了當：三英里、兩英里。當我們在山丘頂端再次爬上馬車時，可以看到有炊煙低平、靜止盤旋在底下，似乎因為午後無風而沒有動靜。

「是那裡嗎？達爾？」瓦達曼問：「那裡就是傑佛森嗎？」他也瘦了，就跟我們一樣；他臉上帶有一種緊繃、迷茫又憔悴的神情。

「是的。」我說。他抬起頭望向天空。在高空中，那些禿鷹以狹小的圓圈盤旋著，就像底下的炊煙，單就外表看來，無論形式和目的都非常類似，但因為缺乏推論其動態的基準物，導致我們無法知道牠們是在前進或後退。我們再次爬上馬車，凱許就躺在馬車裡的棺材上，腿邊垂落著一片片裂開又凹凸不平的水泥塊。憔悴的騾子們垂頭喪氣地往山丘下走，沿途發出各種喀拉、噹啷的聲響。

「我們得帶他去看醫生，」爸說：「沒其他方法了。」珠爾襯衣背後的汗跡感覺不再那麼紅，就是碰觸到皮膚的那些部分，另外還閃著黑亮油光。生命是在谷底創造出來的，再靠著舊有的怖懼、欲求及絕望給一路吹送上山丘。這就是為何你得靠雙腳走上山丘，才能再搭馬車下山。

杜葳．戴爾坐在馬車座位上，報紙包裹擱在腿上。我們抵達山腳時，兩側有濃密樹牆夾道，路面逐漸變得平坦，她開始默默地左右察看，最後終於開口。

「我得停在這裡一下。」

爸看著她，他憔悴的身影似乎早就料到會有這種事，同時又是惱怒又是不滿。但他也沒試圖拉停車騾。「為什麼要停？」

「我得去矮木叢那裡。」杜葳．戴爾說。

爸沒試圖拉停車騾。「妳就不能忍到城裡嗎？現在距離不到一英里了。」

「停車，」杜葳．戴爾說。「我得去矮木叢那裡[24]。」

爸把車停在路中央，我們就這樣望著杜葳．戴爾下車，手上還帶著包裹。她離開時沒回頭。

「為什麼不把蛋糕留在車裡就好了？」我問：「我們會看著。」

她穩妥下了車，眼睛沒看我們。

「就算我們到城裡，她又怎麼知道能去哪上廁所？」瓦達曼問：「如果妳進城會去哪裡上廁所？」

她把包裹舉起，拿下車，然後轉身消失在樹木及矮樹叢中。

「儘量快一點，」爸說：「我們沒時間能浪費了。」她沒回答。過了一陣子後，我們甚至聽不見她的動靜。「我們該聽雅姆斯提德和吉萊斯比的話，通知城裡的人先把墓穴挖好才對。」他說。

「你為什麼不這麼做呢？」我問：「你明明可以先打個電話。」

「何必呢？」珠爾說：「我們誰都能在地上挖個洞吧？」

一輛車跨越山丘開來。車子開始按喇叭，車速放慢。以低檔沿路邊前行，輪子外

24 這是要去上廁所的委婉說法。

緣都已經在邊溝裡了，最後終於越過我們繼續往前開。瓦達曼一直盯著看，直到車子消失在視線之外。

「距離還有多遠？達爾？」他問。

「不遠了。」我說。

「我們該先打電話的，」爸說：「我只是始終都不想欠人情，除了她的骨肉之外。」

「見鬼了，我們誰都能在地上挖個洞吧？」珠爾說。

「沒禮貌，不要這樣談她的墓地，」爸說：「你們全都搞不懂。你們從來沒有真誠愛過她，你們都一樣。」珠爾沒答腔。他的身體坐得有點僵直，身體自然的弧度剛好避免襯衣貼到皮膚。他那紅通通的下巴往外突出。

杜葳．戴爾回來了。我們看到她從矮木叢中冒出，手上拿著包裹，然後爬上馬車。她現在穿著做禮拜的整套服裝，包括洋裝、珠子項鏈、鞋子和褲襪。

「我以為我叫妳把那些衣服留在家裡了。」爸說。她沒回答，也沒看我們。她把包裹放進馬車後上車。馬車繼續往前駛。

「前面還有幾座山丘？達爾？」瓦達曼問。

「只剩一座了，」我說：「下一座就直接通往城裡。」

這座山丘是紅砂丘，兩側排列著黑人住的小屋；前方天空佈滿大量電話線，法院大鐘從樹林上方聳立而出。馬車輪在砂子中發出的聲響很輕微，彷彿就連大地都要我們低調入城。我們在山丘坡地開始抬升時下車。

我們跟在馬車後面走，車輪發出低鳴，經過那些小屋時，許多張大雙眼而露出大片眼白的黑人臉突然出現在門口。我們聽到許多人發出驚呼。珠爾本來一直左右張望，現在卻直直往前看，我能看出他的耳朵氣到愈來愈紅。三個黑人領先我們走在路旁；在他們前方十英尺則走著一個白人。當我們經過時，那幾個黑人突然轉頭過來，臉上的表情既是震驚，又是反射性的憤怒。「偉大的上帝呀，」其中一人說：「他們馬車上到底載了什麼？」

珠爾瞬間轉身過去。「婊子養的，」他說。他面對的是白人的方向，而白人也已停下腳步。此時的珠爾彷彿其他什麼都看不見，因為他轉身針對的是那個白人。

「達爾！」凱許從馬車上喊。我抓住珠爾。那個白人已慢下腳步，他先是有點目瞪口呆，接著下巴繃緊、嘴巴緊緊閉上。珠爾彎腰看他，下巴肌肉已經發白。

「你剛剛說什麼？」他問。

「沒事沒事，」我說：「他不是有意的，先生。珠爾！」我說。但我手才剛碰到他，他已經在對那個男人揮拳了。我抓住他的手臂；我們扭打在一起。珠爾始終沒看向我，只是努力想把手臂抽出來。等我再次看向那個男人時，他手上已經有把打開的小刀。

「別動手，先生，」我說：「我制住他了。珠爾！」我說。

「你想清楚呀，他可是個天殺的城裡人，」珠爾一邊喘氣一邊猛力與我拉扯。「婊子養的。」他說。

那個男人開始移動，小心在我身邊逡巡，他雙眼盯著珠爾，刀子則低低握在側腹部邊。「沒人可以這樣罵我。」他說。爸已經下車了，杜葳·戴爾正抓住珠爾，不停把他往後推。我放開他，面對那個男人。

「等等，」我說：「他不是有意的。他病了，因為昨晚在火災中燒傷，現在狀況不好。」

「誰管有沒有火災，」那個男人說：「沒人可以這樣罵我。」

「他以為是你先對他說了些什麼。」我說。

「我什麼都沒說。我之前根本沒見過他。」

「老天爺在上，」爸說：「老天爺在上。」

「我知道，」我說：「他不是有意的。他會收回那句話。」

「那叫他收回那句話。」

「把刀收起來，他會收回那句話。」

那男人看著我，又看著珠爾。珠爾現在冷靜下來了。

「把刀收起來。」我說。那個男人把小刀闔起。

「老天爺在上，」爸說：「老天爺在上。」

「跟他說你不是有意的，珠爾，」我說：「我以為是他亂說了些什麼，」珠爾說：

「只因為他是——」

「噓，」我說：「跟他說你不是有意的。」

「我不是有意的。」珠爾說。

「他最好不是有意的，」那個男人說：「竟然罵我是一個——」

「你以為他不敢這樣罵你嗎？」我問。

那個男人看著我。「我可沒這麼說。」他說。

「你最好也別這麼想。」珠爾說。

「閉嘴，」我說：「快點，繼續往前吧，爸。」

馬車往前移動。那個男人就站在那裡望著我們。珠爾沒回頭看。「珠爾其實可以輕鬆打敗他。」瓦達曼說。

我們朝著山丘頂端前進，那裡道路縱橫，車來車往；兩頭騾子把馬車拉上頂端後走上街道。爸要牠們停下。大街就在我們面前，廣場入口對著我們敞開，而紀念碑就聳立在法院前方。我們再次爬上馬車，人們經過時紛紛回頭，臉上帶著那種我們熟悉的表情；只有珠爾例外。他沒上馬車，但馬車已經開始往前行駛。「上來呀，珠爾，」我說：「快點。我們趕快離開這裡。」但他就是不上車，反而單腳踩在後輪的輪轂上，單手抓著駕座托柱；隨著輪轂在他腳跟下滑順轉動，他就這麼抬起另一隻腳後蹲在那兒，雙眼直盯著前方，毫無動靜，他的身形精實，背像木頭打直，彷彿從一塊堅實木頭中直接刻出來的蹲坐木雕。

凱許

沒有其他方法了。不是把他送去傑佛森，就是讓吉萊斯比告我們，因為他不知從哪裡得知是達爾放的火。我不知道他是從何得知，但他確實知道。瓦達曼知道是他放的火，但他發誓除了杜葳・戴爾之外沒告訴任何人。吉萊斯比知道了。不過反正他早晚會起疑心。他可能當天晚上看到達爾的反應就知道了。

所以爸說了，「我想沒有其他方法了。」珠爾說：「那你現在要處理他了嗎？」

「處理他？」爸問。

「把他抓住後綁起來，」珠爾說：「天殺的；你要等到他對天殺的車騾和馬車放火之後再處理他嗎？」

但這樣做沒用。「這樣做不會有用的，」我說：「我們可以等到她入土。」既然一個人可能這輩子都得待在牢裡了，進去之前應該盡量如他的意。

「我也認為他該在場，」爸說：「上帝為證，這一切真是對我的試煉。人一旦開始倒楣似乎就沒完沒了。」

有時候我真不確定誰有權去判斷一個人是不是瘋了。有時候我覺得我們沒有人是完全瘋狂的，也沒有人是完全理智的，直到將他描述為任何一方的人勝出為止。彷彿重要的不是那個人幹了什麼，而是大多數人在他幹了某事時的看待方式。

珠爾對待他的方式太嚴厲了。當然啦，為了讓她有機會靠近城裡，是他的馬被拿去交換了，而就某方面而言，達爾試圖燒掉的等同那匹馬的價值。但我想過不只一次，在我們渡河之前和之後都想過，如果上帝保佑，祂將她從我們手中乾淨俐落地奪走，那又會是什麼光景？所以就某方面而言，他是在違逆上帝的意思，而達爾意識到這件事，覺得我們當中該有人做些什麼。我幾乎可以相信他在某方面算是對的，但不會為他的行為找藉口，因為無論如何，放火燒了一個男人的穀倉、危害他牲口的性命，還摧毀了他的物產，都是不對的事。我是因此才認定他這個人瘋了，也是因為如此，他無法坦然直視其他人的雙眼。而我想他們只得照大多數人認為正確的方式處理他，別無他法。

但就某方面而言，這樣實在很可惜。人們似乎已經不受舊有教誨約束，也就是無論打釘子或磨稜角，永遠要當作自己要用一樣，去考量使用者的方便及舒適。結果現在的情況是，有些人能拿到比較平滑、漂亮的板子去建法院，而其他人卻只有粗糙堪用的木材能拼湊成雞籠。不過再怎麼說，建一隻緊實的雞籠，還是比一棟劣質的法院來得好，結果就是當人們將兩者都建得很好或很糟時，都不是任何一方想讓另一方感覺好過或甚至難過。

所以我們沿著大街往前走，往廣場走，接著他說，「我們最好先帶凱許去看醫生。我們可以把他留在醫生那裡，之後再來接他。」就是這樣。因為我和他一出生就比較親近，在珠爾、杜葳．戴爾和瓦達曼出現之前，我們相處了近十年的時光。我跟他們當然也有感情，還算過得去的感情，但我也不知道該怎麼解釋這種不同。而我身為長子，正好就在想他說出口的那句話：我還真不知該怎麼解釋。

爸正盯著我看，接著盯著他看，口中喃喃自語。

「去吧，」我說：「我們先把下葬的事搞定。」

「她會希望我們全部在場。」爸說。

「我們先把凱許帶去看醫生吧，」達爾說：「她會願意等的。她都已經等九天了。」

「你們這些人根本不懂，」爸說：「你年輕時跟某人在一起，你在她的生命裡變老，她在你的生命裡變老，你們一起目睹年老迎面襲來，所以當你聽到這個人跟你說沒關係時，你才會知道儘管這個世界艱困，一個男人還得面對那麼多哀痛及試煉，但她說的是真話。你們這些人根本不懂。」

「我們還得挖洞。」我說。

「雅姆斯提德和吉萊斯比都叫你先送消息過來了，」達爾說：「你現在難道不想去皮巴迪醫生那裡嗎？凱許？」

「直接去吧，」我說：「我的腳現在感覺挺輕鬆的。事情該怎麼幹就趕快幹好吧。」

「如果是要挖的話，」爸說：「我們也忘了帶鐵鍬來。」

「對，」達爾說：「我會去五金行買。我們得買一把。」

「那樣得花錢。」爸說。

「你會為此怨恨她嗎？」達爾問。

「就去買把鐵鍬吧，」珠爾說：「來，把錢給我。」

但爸沒把車停下來。「我想我們可以搞到一把鐵鍬，」他說：「我想這裡會有基督徒的。」所以達爾還是坐著，馬車繼續往前駛，而珠爾就蹲在後擋板那裡，眼睛盯著達爾的後腦杓。他看起來就像那種鬥牛犬，就是那種始終不叫，只會蹲在綁繩旁邊，死死盯著準備攻擊目標的那種狗。

車子停在邦德倫太太的屋前時，他始終都保持這副模樣，一邊聽著音樂，一邊用他那雙嚴厲又骨白色的雙眼瞪著達爾的後腦勺。

音樂是從屋裡傳來的，由屋內的其中一台格拉福風留聲機播放。聽起來就像有樂隊在裡頭演奏一般自然。

「你想去皮巴迪那裡嗎？」達爾問：「他們可以留在這裡等，通知爸，我把你載去皮巴迪那兒之後再回來。」

「不。」我說。趕快把她埋起來比較好，我們現在距離目的地這麼近了，就等爸把鏟子借回來吧。他沿著大街駛，直到我們聽見音樂。

「說不定他們這裡就有一把。」他說。他把車停在邦德倫太太家門口。彷彿他已經知道能得逞。有時候我想，若一個勞動的男人能預料到之後的工作，那一個懶惰的男人也能預料到自己之後的懶惰。所以他停下車，就像他已經知道能得逞，就停在那棟有音樂傳出的小屋前方。我們在那裡等著，聽著音樂。我相信我可以跟蘇雷特講價，讓他用五塊錢就把家裡那台格拉福風留聲機賣給我。真是令人舒服的玩意兒，音樂呀。「說不定他們這裡就有一把。」爸說。

「要珠爾去問嗎？」達爾問：「或者你覺得由我去比較好？」

「我覺得還是我去比較好。」爸說。他下了馬車，沿著小路走去，然後繞到房子後方。音樂停了，就著又再次開始播放。

「他一定有辦法搞到一把鏟子。」達爾說。

「對。」我說。他好像就是知道能得逞，他好像能看穿層層的牆以及接下來十分鐘的發展。

不過他花了超過十分鐘的時間。音樂又停了，接著好一陣子沒再開始播放，而她和爸就在後頭交談。我們在馬車上等。

「你讓我帶你回頭，去皮巴迪家吧。」達爾說。

「不，」我說：「我們要埋了她。」

「如果他真能回來的話，」珠爾說。他開始咒罵個不停，同時動身下車。「我要進去。」他說。

接著我們看到爸走回來了，手上拿著兩把鐵鍬繞過房子而來。他將兩把鐵鍬放上馬車，上車，我們繼續往前行駛。音樂始終沒有再次響起。爸回頭望向屋子，似乎把手稍微抬了起來，而我看到她在窗後稍微往後退的身影，還有其中那張臉。

但最令人感到奇怪的是杜葳．戴爾。一切情況讓我驚訝。我一直明白大家說達爾古怪，但正因為如此，沒人會覺得他的怪是一種冒犯。就彷彿他跟你們任何人一樣，都跟自己的古怪無關，而對他的古怪生氣，就像因為踩到小泥潭而潑髒身體，結果還對小泥潭生氣一樣毫無意義。我總是隱約知道他和杜葳．戴爾之間隱約有些什麼默契。若要我說，我們這些兄弟之間，她若是真有比較喜歡誰，我會說是達爾。但等我們把墓穴填滿，蓋好，將馬車駛出墓園大門，轉入小巷後發現有幾個傢伙在等，而他們動手去抓他，他又往後逃開，此時卻是杜葳．戴爾趕在珠爾都還沒動手時就撲向他。這下我知道了，難怪吉萊斯比會知道自家穀倉起火的原因。她之前一個字也沒說，甚至沒看他，但當那幾個傢伙說了他們打算怎麼做，而且就是來逮他時，他才剛往後躲，她就像頭野貓一樣跳到他身上，於是其中一個傢伙還得先去制服她，而她仍像隻野貓一樣對他又抓又撕，此時另一個傢伙和爸和珠爾把達爾摺倒，他於是仰躺在地，往上盯著我。

「我以為你會事先通知我，」他說：「你竟然沒說。」

「達爾。」我說。但他再次打了起來，他和珠爾和其中一個傢伙，然後另一個傢伙抓住杜葳．戴爾，瓦達曼大吼大叫，然後珠爾說：「殺了他。殺了那個婊子養的。」

情況實在太糟了。太糟了。一個人幹了劣等事是逃不掉的。就是沒辦法。我試著跟他講理，但他只是說：「我以為你會事先通知我。倒不是說我……」他說，接著他笑了起來。另一個傢伙把珠爾從達爾身上拉開，他就這樣坐在地上，笑個不停。

我試圖跟他講理。但願我可以移動，甚至只是坐起來都好。但我還是試圖跟他講理，他不再笑了，只是仰頭看著我。

「你想要我走嗎？」他說。

「這樣對你比較好，」我說：「那裡比較安靜，不會有那些有的沒的煩你。這樣對你比較好，達爾。」我說。

「比較好呀。」他說，然後又笑了起來。「比較好呀。」他說。他一直笑，幾乎沒法把話說清楚。他坐在地上，我們就這樣望著他，他笑了又笑。太糟了。情況實在太糟了。眼前實在沒有丁點好笑之處。因為蓄意摧毀一個男人用以儲放血汗成果的血汗建築，實在沒有任何說法能將其合理化。

但我仍不確定誰有資格去判斷誰瘋了或是沒瘋。每個人彷彿裡頭都有這樣一個傢伙，這樣一個傢伙已經超越所有理智或發瘋的類別，而面對人的理智及瘋狂作為，這樣一個傢伙跟任何人一樣感到恐懼、感到驚愕。

皮巴迪

我說：「一個男人要是手頭緊，我可以想像讓比爾・瓦爾納把他當成一頭該死的騾子包紮，但竟然有人願意讓安斯・邦德倫用水泥直接倒在皮膚上治療，卻沒比我多出幾條備用的腿，真是要讓人驚訝死了。」

「他們只是想讓我的腿好過一點。」他說。

「打算個鬼啦，」我說：「雅姆斯提德又是見鬼的怎麼回事，竟然讓他們把你再次放回馬車上？」

「那時候我的腿看起來明顯好多了，」他說：「我們實在沒時間在那邊等。」我只是瞪著他。「這腿一直沒讓我困擾。」他說。

「你都這樣躺在這兒了，還想試圖說服我？你腿斷了，在底板下頭沒有彈性托座的馬車上顛簸了六天，卻還一點也不感到困擾？不可能。」

「真的沒那麼困擾我。」他說。

「你的意思應該是，真的沒那麼困擾安斯，」我說：「就像那個可憐的小鬼在公共大街上被撂倒在地，還像一名該死的謀殺犯一樣被上了手銬，他也沒那麼感到困擾。別再說了。你為了把水泥剝下來，還得掉六十多平方英寸的皮膚，別說你也不會為此感到困擾。你可能一輩子都會因為一條腿比較短而走路一瘸一拐——若你還能走的話——拜託也別說你不會為此感到困擾。竟然用水泥。」我說：「全能的上帝呀，為什麼安斯不乾脆把你帶到最近的鋸木工坊，直接把你的腿插到鋸子上算了？說不定還能治好呢。接著你們都可以把他的頭插到鋸子上，這下子全家也有救了……話說安斯人到底在哪？他現在又忙著搞什麼？」

「他把借來的鐵鍬帶回去還。」他說。

「沒錯，」我說：「他當然得借鐵鍬來埋葬他的妻子。不然他就得去借一個地上的洞來用了。真可惜你們不能把他也埋進去……會痛嗎？」

「不值一提。」他說，但他的臉上奔騰流下如同彈珠的大粒汗水，臉色更像吸墨紙一樣呈現藍灰色。

「當然不值一提，」我說：「到了明年夏天，你就能靠著這條跛腳到處走啦。接著你就不會感到困擾，還真不值一提……若要說真有什麼堪稱幸運的話，大概就是這條腿正是你之前斷過的腿吧。」我說。

「老爸也是這麼說的。」他說。

麥高文

我在處方櫃台後方倒某種巧克力漿時，喬帝來到後頭跟我說：「欸，斯基特，有個女人在前面那邊，說她想看醫生，我問她想看什麼醫生，她說想看在這裡工作的醫生，我說沒醫生在這裡工作呀，她卻就是呆站在那裡，往後邊這頭望。」

「哪種女人？」我問：「叫她去樓上亞佛德的辦公室。」

「鄉下女人。」他說。

「叫她去法院湊熱鬧吧，」我說：「跟她說，所有醫生都去曼菲斯參加理容醫生大會[25]了。」

25　十九世紀末，理容師（barber）被視為沒有受過醫學教育，但能行使基本醫術的職業。所以會有barber-surgon的說法。

「好吧，」他說完後打算離開：「以鄉下女孩來說，她長得挺好看。」他說。

「等等，」我說。他等了一下，我跑去找了個縫隙偷看，但因為背光，只能看出她有條腿不錯。「她很年輕吧？你剛剛是這麼說的嗎？」我問。

「就是個火辣小甜心呀，以鄉下女孩而言。」他說。

「你拿著。」我把巧克力漿遞給他，脫下圍裙[26]後走過去。她長得挺好看。若不是對方身材比她大上兩倍，她那兩隻黑眼睛的其中一隻彷彿隨時打算拿刀捅你。她長得挺好看。店裡沒有其他人；現在是午餐時間。

「需要幫忙嗎？」我問。

「你是醫生嗎？」她問。

「當然是。」我說。她不再盯著我瞧，開始到處張望。

「我們能去後面那邊嗎？」她問。

現在是十二點十五分，但我還是叫喬帝幫我稍微注意一下，若老頭回來吹聲口哨提醒，雖然他通常不會在一點前回來。

「你最好別再亂搞了，」喬帝說：「他一發現就會解雇你這個臭屁股，速度快到你連眨眼都來不及。」

「他不會在一點前回來啦，」我說：「你可以看見他走進郵局。反正眼睛放亮點，看到他的話給我吹聲口哨。」

「你打算做什麼？」他問。

「你給我留神一點。我之後再告訴你。」

「你不打算也讓我嚐點甜頭嗎？」他問。

「見鬼了，你以為這是什麼地方呀？」我說：「你以為是種馬場呀？給我留神點。我要去為她諮詢了。」

所以我走到後方，途中停在玻璃前順了順頭髮，接著走到處方櫃台後方，而她就在那兒等著。她正望著藥櫃，然後看向我。

「那麼，女士，」我說：「有什麼問題呢？」

「是婦女問題，」她盯著我。「我有錢。」她說。

26 這裡的圍裙是負責飲料區的人（soda-jerk）專門在穿的圍裙。

「啊，」我說：「妳是有了婦女問題，還是希望婦女問題快點來？若是其中一種，妳來這兒是找對醫生了。」這些鄉下人就是這樣，他們有一半的時間不知道自己要什麼，剩下的時間又講不清楚。時鐘顯示現在是十二點二十分。

「不是。」她說。

「哪一句話不是？」我問。

「我那個不來了，」她說：「就是這樣。」她看著我。「我有錢。」她說。

這下我知道她在說什麼了。

「噢，」我說：「妳肚子裡有個東西，但妳希望沒有。」她看著我。「妳希望能有月經，或者沒肚裡那個東西，是吧？」

「我有錢，」她說：「他說我可以在藥房買到需要的藥。」

「誰這樣說？」我問。

「他說的。」她回答時盯著我。

「妳不想指名，」我說：「就是那個在妳肚裡播種的人嗎？他這樣跟妳說嗎？」她沒說話。「妳沒結婚，是吧？」我問。我沒看到戒指。但也很難說，沒聽說他們鄉下人有戴戒指的習慣。

「我有錢。」她說。她把綁成一卷擺在手帕裡的錢拿給我看：一張十塊錢鈔票。

「我當然相信妳有，」我說：「他給妳的嗎？」

「對。」她說。

「哪個人給妳的？」我問。她看著我。「他們當中哪個人給妳的？」

「就只有一個人。」她說。她看著我。

「少騙我。」我說。她不說話。地窖麻煩的地方在於只有一個出口，而且在內梯後方。時鐘顯示現在是十二點三十五分。「像妳這樣漂亮的女孩呀……」我說。

她看著我。她開始把錢重新捲回手帕內。「請等我一下，」我說。我繞過處方櫃台。「你有聽說那個人扭傷耳朵的事嗎？」我問：「他之後連打嗝都聽不見呢。」

「趁老頭還沒回來，你最好趕快讓她從後面出來。」喬帝說。

「如果你好好待在他付錢要你待的地方，除了我之外，他是不可能逮到任何人的。」我說。

他緩慢往前走。「你要對她做什麼？斯基特？」他問。

「我不能告訴你，」我說：「洩密可不道德。你就去那兒好好看著吧。」

「說呀，斯基特。」他說。

「啊，你去吧，」我說：「我不過就是替她裝點處方藥。」

「他或許不會為難後面那個女人，但要是發現你亂給處方櫃台的藥，一定會把你一屁股踢下地窖樓梯。」

「我的屁股早就被比他更渾蛋的人踢過了啦，」我說：「回去幫我柱意他的動靜，去。」

所以我走了回來。時鐘顯示十二點四十五分。她正在把手帕裡的錢綁好。「你不是醫生。」她說。

「我當然是，」我說。她望著我。「是因為我看起來年輕嗎？還是因為我英俊？」我問：「我們之前有很多老醫生，就是關節有風溼問題的那種醫生，」我說：「傑佛森之前簡直有點像醫生的養老院。不過因為生意開始下降，這些傢伙最後發現這裡的女人根本不會生病。所以等老醫生全跑了之後，就找來我們這些長相好看的年輕醫生，因為女人喜歡，於是這邊的女人又開始生病了，生意也就復甦啦。所有鄉下地方都是這麼做的，妳沒聽說嗎？或許是因為妳向來不用看醫生。」

「我現在需要一個醫生。」她說。

「而妳可找對人了，」我說：「我已經跟妳說了。」

「你有可以處理的藥嗎？」她問：「我有錢。」

「哎呀，」我說，「醫生當然得學各式各樣的技巧，不只是學如何捲甘汞粉包而已；他畢竟什麼都得自己來。但妳的問題呀，我還不確定能不能處理。」

「他說我能買到藥。他說我能在藥房買到藥。」

「他有告訴妳藥的名字嗎？」我問：「妳最好回去問他。」

她不再看著我，只是在手中輕微揉扭著手帕。「我得做些什麼。」

「妳有多想達成目標？」我問。她看著我：「當然，醫生學了所有技巧，就連一般人以為他不會的也有學，但不能明說，因為違法[27]。」

喬帝在前頭喊了，「斯基特。」

27 墮胎藥在當時是違法藥品。

「請等我一下。」我說完後走到前面。「看到他了是不是？」我問。

「你搞定了沒？」他說：「或許你最好來這裡看著，讓我去諮詢。」

「或許你可以去孵顆蛋[28]啦，」我說。我走回去。她盯著我瞧。「當然妳也應該清楚，為了達成妳的期望，我可能會被判入監禁所，對吧？」我說。「我會被吊銷執照，之後也只能做苦工。妳很清楚吧？」

「我就只有十塊錢，」她說：「我可以下個月再帶錢來，應該啦。」

「呸，」我說：「十塊錢？我的知識和技術是無價的。更別提那只是張可憐兮兮的十元紙鈔。」

她盯著我，眼睛眨也沒眨一下。「那，你要什麼？」

時鐘顯示再過四分鐘就一點了。所以我最好趕快把她帶出這裡。「先給妳猜三次，然後我會直接讓妳看答案。」我說。

她的眼睛甚至眨也沒眨一下。「我得做些什麼，」她說。她看向身後，四處張望，接著看向店鋪前方。「先給我藥。」她說。

「這代表妳已經準備好了？」我說。「就在這裡？」

「先把藥給我。」她說。所以我拿了個量筒，稍微背對她，選了一個看來沒什麼問題的瓶子，反正若真有人把毒藥隨便放在沒標籤的瓶子裡，也是那個人得進監牢。這瓶聞起來像松節油。我倒了一些到量筒內，拿給她。她聞了，透過量筒的玻璃壁面望著我。

「聞起來像松節油。」她說。

「當然，」我說：「這只是療程的第一步。妳今晚十點回來，我會完成後面的療程，並進行手術。」

「手術？」她問。

「不會痛的。妳也動過這種手術了。有聽過以毒攻毒嗎？」

她盯著我瞧。「有用嗎？」她問。

「當然有用。如果妳有回來動手術的話。」

所以她把那不知道是什麼的玩意兒喝下，眼眨也沒眨，然後走出去。我走到店鋪

28 這是一句嘲笑人失敗的俗語。

前方。

「有到手嗎？」喬帝問。

「到手啥？」我問。

「哎呀，說嘛，」他說：「我才不會跟你搶女人咧。」

「噢，你說她呀，」我說：「她只是需要一點藥，肚子拉得厲害啦，又有點不好意思跟陌生人提起。」

反正今晚是我值班，所以我幫那個老渾球核對貨物及款項、幫他把帽子戴上，然後把他在八點三十分時送出店外。我一路跟他走到街角，望著他走過兩座街燈，直到再也看不見他的身影。然後我回店內等到九點三十分，關掉店鋪前方的燈，鎖門，只在後方留一盞油燈，然後回去將滑石粉倒入六顆膠囊，稍微把地窖打掃一下，一切準備就緒。

她在十點整出現，就在時鐘正要整點報時之前。我開門，她走進來，步伐很快。我往門外看，那裡一個人都沒有，只有一個穿著吊帶褲的男孩坐在路邊。「需要什麼嗎？」我問他。他始終沒吐出一個字，只是望著我。我鎖門，關燈，回到店後方。她在等。她現在沒看我。

「東西在哪?」她問。

我把那盒膠囊給她。她把盒子握在手上,盯著膠囊看。

「你確定這有用?」她問。

「確定,」我說:「只要妳能完成剩下療程。」

「要在哪裡進行?」她問。

「在底下的地窖。」我說。

瓦達曼

現在整個環境比較寬闊，也比較亮了，但店面都黑漆漆的，因為所有人都得回家了。店面都黑漆漆的，但我們走過時，月光仍持續反射在窗戶上。月光灑落在法院四周的樹林中。光棲息在樹上，但法院黑漆漆的。法院上的鐘面向四方，因為不在黑暗之中。月亮也不是暗的。不是非常暗。達爾他去了杰克森是我的哥哥達爾是我的哥哥。不過小火車在那個方向，在軌道上閃耀著光芒。

「我們往另外那個方向走吧，杜葳．戴爾。」我說。

「為何？」杜葳．戴爾問。在櫥窗後軌道一圈圈閃耀著光芒，小火車在軌道上紅通通的。不過她說老闆不會賣給城裡的男孩。「但耶誕節時小火車會在那裡，」杜葳．戴爾說。「你必須等到那個時候，他到時候會把小火車帶回來。」

達爾去了杰克森。很多人沒去過杰克森。達爾是我的哥哥。我的哥哥要去杰克森了。

就在我們往前走時，環繞在我們四周的光棲息在樹上。四面八方都一樣。光在法院四周環繞然後你看不見那些光了。但你可以看見它們在黑漆漆的窗戶後方深處。他們都回家睡覺了，除了我和杜葳・戴爾。

搭火車去杰克森。我的哥哥

店裡有光，在後方深處。櫥窗後方有兩大玻璃罐的蘇打水，一罐紅色一罐綠色。多到兩個男人都喝不完。兩頭騾子都喝不完。兩頭乳牛都喝不完。達爾

一個男人來到門邊。他盯著杜葳・戴爾。

「你在外面這裡等著。」杜葳・戴爾說。

「為什麼我不能進去？」我問：「我也想進去。」

「你在外面這裡等著。」她說。

「好吧。」我說。

杜葳・戴爾走進去。

達爾是我的哥哥。達爾瘋了

走路比坐在地上難多了。他站在敞開的門內。他盯著我瞧。「需要什麼嗎？」他問。他的頭髮抹得油亮滑溜的。珠爾的頭髮偶爾也滑溜溜的。凱許的頭髮就不滑溜。達爾他去了杰克森我的哥哥達爾他在街上吃一條香蕉。難道吃香蕉不是更好嗎？杜葳．戴爾說。你等到耶誕節。小火車就會在那兒了。你就能看到了。所以我們打算吃些香蕉。我們打算帶上一整袋，我和杜葳．戴爾。他鎖上門。杜葳．戴爾在裡頭。接著燈光一閃，滅了。

他去了杰克森。他瘋了也去了杰克森。許多人沒瘋。爸和凱許和珠爾和杜葳．戴爾和我沒瘋。我們沒瘋過。我們也沒去過杰克森。達爾

我一直聽到一頭乳牛喀喀喀在街上走動的聲音。然後牠來到廣場。牠跨越廣場，牠的頭低低垂著，腳步喀喀作響。牠哞叫。廣場在牠低鳴前什麼都沒有，但並不是空的。但在牠哞叫後卻是空蕩蕩的。牠繼續走，腳步喀喀作響。牠哞叫。我哥哥是達爾。他搭火車去杰克森了。他不是搭火車發瘋的。他是在我們的馬車上發瘋的。達爾她在裡頭待了好一陣子。乳牛也不見蹤影了。好一陣子了。她在裡頭的時間比乳牛待的時間還久。但沒有比空蕩蕩的時間更久。達爾是我的哥哥。我的哥哥達爾

杜葳・戴爾走出來。她盯著我瞧。

「現在我們往另外那個方向走吧。」我說。

她盯著我瞧。「這樣做根本不會有用，」她說：「那個婊子養的。」

「什麼根本不會有用？杜葳・戴爾？」

「我就是知道沒用，」她說。她現在什麼都沒在看了。「我就是知道。」

「我們往那邊走嘛。」我說。

「我們得回旅館。很晚了。我們得溜回去。」

「我們就不能至少繞過去看一下嗎？」

「難道像之前那樣吃香蕉不是更好嗎？不是嗎？」

「好吧。」我的哥哥他瘋了他也去了杰克森。杰克森是比發瘋更遠的地方

「不會有用的，」杜葳・戴爾說：「我就是知道不會有用。」

「什麼不會有用？」我問。他得搭上火車去杰克森。我沒搭過火車，但達爾已經搭過了。達爾。達爾。達爾是我的哥哥，達爾。達爾

達爾

達爾已經去杰克森了。他們把他丟上火車，而他不停笑著，隨著長長的車廂經過不停笑著，在他經過時他們的頭像貓頭鷹一樣紛紛轉過去。「你在笑什麼？」我問。

「對呀對呀對呀對呀對呀對呀。」

兩個男人把他丟上火車。他們兩人穿著不成對的外套，右後方屁股上的口袋鼓鼓的。他們的脖子被剃到髮際線邊，彷彿最近有理髮師同時給他們用粉筆斗描了線，就像凱許有的那種粉筆斗。「你是在笑他們的手槍嗎？」我問：「你為什麼笑？」我問：「是因為你憎恨笑的聲音嗎？」

他們把兩個座位併在一起，好讓達爾可以坐在窗邊笑。其中一人坐在他身旁，另一人坐在他對面也就是背對行駛的方向。他們其中一人必須背對行駛的方向因為國家的每個錢幣背面都有一張臉，而每張臉都有個背面，他們在政府的錢上頭背對背胡搞呢真是淫亂。五分幣的一面有個女人，另一面有頭水牛；兩張臉卻沒有背面。我不知道那是怎麼回事。達爾有一台小小的小望遠鏡是他戰時在法國買的[29]。其中可以看到女人和一頭豬有兩個背面卻沒有正面。我知道這是怎麼回事。「這就是你笑的原因嗎？達爾？」

「對呀對呀對呀對呀對呀對呀。」

馬車停在廣場上，騾子栓在車頭，沒有動靜，韁繩繞在座位下的彈性托架上，馬車後端朝著法院方向。樣子看起來跟其他一百台馬車沒什麼不同；珠爾站在馬車旁，沿著街道往前看，就跟那天任何一個城裡人一樣，但又有些不同，非常明確的不同。馬車有種不容錯認的氛圍，跟火車一樣有種確定要離開的氛圍，或許是因為杜葳・戴爾和瓦達曼坐在馬車座位上，而凱許躺在馬車內的小床上吃著紙袋裡的香蕉。「這就是你笑的原因嗎？達爾？」

達爾是我們的兄弟，我們的兄弟達爾。我們的兄弟達爾在一個籠子裡在杰克森，

29 第一次世界大戰。

他髒汙的雙手輕巧擺在靜默的欄杆間隙中，往外望去的他口吐白沫。

「對呀對呀對呀對呀對呀對呀對呀對呀。」

杜葳．戴爾

他看到錢時，我說：「那不是我的錢，那錢不屬於我。」

「那是誰的？」

「是寇拉．涂爾的錢。是涂爾太太的。我賣蛋糕換來的。」

「兩個蛋糕賣了十塊？」

「你不准碰那些錢。那是我的。」

「妳根本沒帶蛋糕。妳說謊。裝在包裹裡的是妳做禮拜的洋裝。」

「你不准碰那些錢！你要是拿了就是賊。」

「我的親生女兒竟然罵我是賊。我的親生女兒耶。」

「爸呀，爸。」

「我餵飽妳，給妳遮風避雨。我給妳愛，給妳關懷，但我的親生女兒呀，我亡妻的女兒呀，在她母親的墳頭罵我是個賊。」

「那錢不是我的，我就說了。如果是我的，上帝為證，你想拿就拿吧。」

「妳是從哪搞來十塊錢？」

「爸呀，爸。」

「妳不告訴我，是因為太丟臉，不敢說嗎？」

「那錢不是我的，我說了。你不懂嗎？那就不是我的。」

「我又不是不會還。但她竟然罵她的親生父親是個賊。」

「不行，我就說了。我說了那不是我的錢。上帝為證，你要就拿走吧。」

「我才不拿。我的親生女兒，十七年來吃我的飯，竟然連借我十塊錢都不甘願。」

「那不是我的。我沒辦法。」

「那是誰的？」

「有人給我的。要用來買東西的。」

「買什麼東西？」

「爸呀，爸。」

「只是要借一下嘛。上帝為證，我真痛恨自己的骨肉這樣罵我。但我可是一點也不小氣地把擁有的一切都給出去了呢。我開心為他們付出，一點也不小氣。而妳現在卻拒絕我的要求。愛笛呀。妳死了還真是走運呀，愛笛。」

「爸呀，爸。」

「上帝為證，我說的都是實話。」

他拿了錢就走。

凱許

總之當我們停在那裡借鏟子時，我們聽到屋內有格拉福風留聲機正在播放音樂，總之等我們用完鏟子後，爸說：「我想我最好把鏟子還回去。」

總之我們回到那棟屋子。「我們最好把凱許帶去皮巴迪家。」珠爾說。

「不會花多少時間。」爸說。他下了馬車。音樂此刻沒在放了。

「讓瓦達曼去吧，」珠爾說：「他只需要花一半的時間就能搞定。或者不然，你讓我——」

「我想最好還是我來，」爸說：「畢竟也是我借的鏟子。」

總之我們坐在馬車裡頭等，但音樂此刻沒在放了。我想我們沒買任何一台格拉福風留聲機是件好事。我想我光是聽音樂就永遠幹不完任何工作了。我不知道聽點音樂是不是一個傢伙能擁有的最棒享受。但似乎在晚上疲累時，沒什麼比聽點留聲機放出來的音樂更能讓人安頓、更能讓人好好休息。我曾看過有些格拉福風留聲闔起來時就像個手提箱，上頭還有把手之類的，總之任何人都能隨身帶到想去的地方。

「你覺得他在做什麼？」珠爾問：「這時間我都能把鑵子來回搬運個十次了。」

「就讓他慢慢來吧，」我說：「他動作沒你那麼敏捷，記得吧？」

「那他為什麼不讓我去還鑵子？我們得趕快帶你去治腿，明天才能出發回家。」

「我們還有很多時間，」我說：「我真想知道裝置那些機器要花多少錢。」

「裝置什麼鬼？」珠爾問：「你要拿什麼去買？」

「這說不準，」我說：「我應該可以花五塊錢向蘇雷特買到，我想可以。」

總之爸回來了，我們去了皮巴迪家。我們在那裡時爸說要去理容店剃個鬍子。總之那天晚上他說有點事得處理，這麼說時眼神似乎在迴避我們，他的頭髮梳理得溼亮光滑，聞起來有香水的甜味，但我說隨他去吧；我自己倒是不介意再多聽點音樂。

總之隔天早上他又去了，接著回來時要我們先套上車騾準備出發，他等等就來跟我們會合；等其他人離開後，他說：

「我想你手邊沒有餘錢了吧。」

「皮巴迪只給我夠付旅館的錢，」我說：「我們沒需要其他什麼，對吧？」

「沒，」爸說：「沒有。我們什麼都不需要。」他站在那裡，眼睛沒看我。

「如果真有什麼非需要不可的東西，我想皮巴迪或許能幫忙。」我說。

「不，」他說：「沒別的東西了。你們都在轉角那裡等我就好。」

總之珠爾套上車騾，然後過來處理我，他們把我安頓在鋪在馬車內的小床上，我們駕著馬車跨越廣場到了爸指定的街角，然後坐在馬車上等，正當杜葳・戴爾和瓦達曼吃著香蕉時，我們看見他們沿街走來。爸走來時，臉上同時帶著大無畏及畏縮可憐的表情，就像他之前每次打算做些惹媽討厭的事一樣；手上還抓了個提箱。然後珠爾問，

「那傢伙是誰呀？」

接著我們看出來了，不是提包讓他看起來不同，而是他的臉。然後珠爾說：「他裝牙齒了。」

確實沒錯。新的牙齒讓他像是高了一英寸，也似乎讓他的頭抬得比較挺，那姿態又是畏縮又是驕傲，然後我們看到在他身後看到那個女人，她手上提著另一個提

箱——那女人像隻身穿洋裝的鴨子，雙眼突出，眼神淩厲，一臉好像在質問誰敢對她有意見的模樣。我們就坐在那裡望著他們，杜葳．戴爾和瓦達曼嘴巴半張，手上拿著吃了一半的香蕉，接著她從他的身後繞到前方，一臉挑釁地看著我們。然後我看到她手中的提箱正是其中一台格拉福風留聲機。確實沒錯，闔起來就像廣告上的圖片一樣漂亮，每次只要郵購送來唱片，我們就能在冬天的屋內圍著格拉福風留聲機，聆聽音樂，達爾不能一起享受實在太可惜了。但現在這樣對他比較好。這個世界不屬於他；這段人生不是他該過的人生。

「這是凱許、珠爾、瓦達曼和杜葳．戴爾。」爸說，姿態又是畏縮又是驕傲，牙齒什麼的都有了，但即便如此，他仍不正眼看我們。

「來見見邦德倫太太。」他說。

威廉・福克納年表

一八九七年　出生　九月二十五日生於美國密西西比州的新奧爾巴尼。本名威廉・卡茲伯・福克納（William Cuthbert Falkner），為家中長子。父親穆瑞・卡茲伯・福克納（Murry Cuthbert Falkner, 1870-1932）從商，母親茉德・巴特勒（Maud Butler, 1871-1960）愛好文學藝術，對福克納的寫作事業有莫大啟發。曾祖父威廉・克拉克・福克納（William Clark Falkner, 1825-1889）是知名商人，也是作家、南北戰爭時期的英雄，其形象與事蹟流傳於家族，深深影響福克納。

一九〇二年　五歲　舉家遷往密西西比州的牛津鎮，協助祖父事業。牛津亦是福克納度過人生大部分時光之地。

一九〇三年　六歲　結識搬來附近的奧德罕一家，艾絲黛爾（Estelle Oldham）時年七歲。

一九〇五年　八歲　八月，最小的弟弟迪安出生，家中共有四兄弟。同年九月開始上學，受到老師的喜愛。開始讀書後，接觸莎士比亞、狄更斯、巴爾札克、康拉德、維爾梅爾的作品。

一九一〇年　十三歲　發表了最早的詩歌、短論和短篇小說。

一九一三年　十六歲　結識愛好文學的菲爾．史東（**Phil Stone**），讀了艾略特、葉慈、龐德等人的作品。

一九一六年　十九歲　升學考試失敗，不曾完成高中課業。進入銀行從事祖父安排的工作，但他志不在此，經常參與密西西比大學的社交活動，認識了後來成為其經紀人的班．沃森（**Ben Wasson**）。

一九一八年　二十一歲　艾絲黛爾與律師康乃爾．富蘭克林（Cornell Sidney Franklin）結婚，福克納受到很大打擊。同年四月離開故鄉，因身高未達標準，無法加入美國陸軍，便假扮英國人加入英國皇家空軍，赴加拿大受訓。不料十一月，第一次世界大戰結束，戰爭英雄夢落空，返鄉。同年，某次排版人員失誤拼錯其姓氏，福克納後來沿用這個錯誤，將自己的姓氏拼法 **Falkner** 從此改為 **Faulkner**。

一九一九年　**二十二歲**　九月，進入密西西比大學就讀。於大學內的文學刊物《密西西比人》上發表首部短篇小說《幸運著陸》（*Landing in Luck*）。

一九二〇年　**二十三歲**　十一月離開大學。

一九二一年　**二十四歲**　出版了獻給艾絲黛爾的詩集《春之幻境》（*Vision in Spring*）。短暫擔任書店店員，後返鄉擔任密西西比大學的郵政長，兩年後辭職。

一九二四年　**二十七歲**　認識作家舍伍德・安德森（**Sherwood Anderson**），加入其文學圈，海明威也活躍其中。

一九二五年　**二十八歲**　開始寫作首部長篇小說《士兵的報酬》（*Soldiers' Pay*）。

一九二六年　**二十九歲**　在安德森的幫助下得以出版《士兵的報酬》，咸認為其第一部長篇小說。

一九二七年　**三十歲**　出版《蚊群》（*Mosquitoes*）。

一九二八年　**三十一歲**　開始寫第三部長篇小說《聲音與憤怒》（*The Sound and the Fury*）。

一九二九年　**三十二歲**　四月，艾絲黛爾與康乃爾・富蘭克林離婚。六月，與艾絲黛爾結婚。蜜月期間艾絲黛爾曾嘗試自殺，後來靠鎮靜劑才得以控制。同年十月，出版《聲音與憤怒》，受到好評。

一九三〇年　三十三歲　出版《我彌留之際》。買下山楸橡樹別墅（Rowan Oak）。於《論壇》雜誌（*The Forum*）發表短篇小說《獻給愛米麗的玫瑰》。

一九三一年　三十四歲　出版《聖殿》（*Sanctuary*）。同年，女兒阿拉巴馬（Alabama）出世，出世僅九天就夭折。

一九三二年　三十五歲　八月，父親逝世。十月，出版《八月之光》（*Light in August*）。

一九三三年　三十六歲　六月，女兒吉爾（Jill）誕生。

一九三五年　三十八歲　出版《轉向》（*Pylon*）。十二月，赴好萊塢完成一部劇本。

一九三六年　三十九歲　出版《押沙龍，押沙龍》（*Absalom, Absalom!*）。與電影導演霍華．霍克斯（Howard Hawks）的祕書梅塔．卡本特（Meta Carpenter）陷入熱戀。這段戀情被艾絲黛爾發現後，夫妻倆衝突不斷。同年年底，梅塔與他人結婚。

一九三八年　四十一歲　出版《沒有被征服的》（*The Unvanquished*），改編權由米高梅公司買下。赴紐約工作時，與已婚的梅塔重逢。

一九三九年　四十二歲　登上《時代》週刊封面。出版《野棕櫚》（*The Wild Palms*），每週賣出一千多本。

一九四〇年 **四十三歲** 長期追隨福克納家的黑人女僕卡羅琳・巴爾（Caroline Barr）以九十多歲的高齡去世，福克納親自在葬禮上致悼詞。發表《哈姆雷特》（*The Hamlet*），為「史諾普斯家族三部曲」（Snopes trilogy）的第一部。

一九四二年 **四十五歲** 出版《去吧，摩西》（*Go Down, Moses*）。同年重返好萊塢，大量寫作戰爭劇本。

一九四七年 **五十歲** 應邀到密西西比大學英語系授課。對同時代作家的評價後來登報，在他心中當代最好的五位作家依序為湯瑪斯・沃夫（Thomas Wolfe）、約翰・多斯・帕索斯（John Dos Passos）、海明威（Ernest Hemingway）、維拉・卡特（Willa Cather），以及約翰・史坦貝克（John Steinbeck）。

一九四八年 **五十一歲** 出版《墳墓的闖入者》（*Intruder in the Dust*），米高梅購得電影改編權。

一九五〇年 **五十三歲** 獲一九四九年諾貝爾文學獎，十二月赴瑞典參加頒獎典禮。福克納隨後捐出一部分獎金作為文學獎金以及家鄉的教育慈善金。於斯德哥爾摩邂逅艾絲・容森（Else Jonsson），兩人發展出一段戀情，艾絲後來將其作品推廣給瑞典讀者。同年以《短篇小說選》（*Collected Stories*）獲得美國國家圖書獎。

一九五一年　五十四歲　出版《修女安魂曲》（*Requiem for a Nun*）。獲法國頒發榮譽軍團勳章（Légion d'honneur）。

一九五二年　五十五歲　受邀赴法國。

一九五四年　五十七歲　出版《寓言》（*A Fable*），並獲翌年普立茲小說獎、美國國家圖書獎。發表紀實作品《密西西比》，介紹家鄉歷史和童年故事。

一九五五年　五十八歲　公開批判在學校進行強制種族融合之政策。後遭人打恐嚇電話威脅。

一九五七年　六十歲　成為維吉尼亞大學的駐校作家。同年出版長篇小說《小鎮》（*The Town*），為「史諾普斯家族三部曲」的第二部。

一九五九年　六十二歲　出版《大宅》（*The Mansion*），為「史諾普斯家族三部曲」的最後一部。

一九六〇年　六十三歲　母親病逝。

一九六一年　六十四歲　一月，立下遺囑，將一切手稿捐給威廉．福克納俱樂部，女兒吉爾為董事會主席。

一九六二年　六十五歲　出版最後一部小說《掠奪者》（*The Reivers*），並獲翌年普立茲小說獎。七月五日，因健康惡化，住進療養院。七月六日，凌晨一點半，因心臟病突發逝世。遺體被運回家鄉牛津，葬在家族墓地，緊鄰夭折女兒阿拉巴馬的墓。

GREAT! 53 **我彌留之際**

作者	威廉・福克納（William Faulkner）
譯者	葉佳怡
封面設計	莊謹銘
協力編輯	謝佩亓
責任編輯	徐 凡
國際版權	吳玲緯 楊靜
行銷	闕志勳 吳宇軒 余一霞
業務	李再星 李振東 陳美燕
總編輯	巫維珍
編輯總監	劉麗真
發行人	涂玉雲
出版	麥田出版 地址：10483台北市中山區民生東路二段141號5樓 電話：(02)2500-7696 傳真：(02)2500-1967
發行	英屬蓋曼群島商家庭傳媒股份有限公司城邦分公司 地址：10483台北市中山區民生東路二段141號11樓 網址：http://www.cite.com.tw 客服專線：(02)2500-7718｜2500-7719 24小時傳真專線：(02)2500-1990｜2500-1991 服務時間：週一至週五09:30-12:00｜13:30-17:00 劃撥帳號：19863813 戶名：書虫股份有限公司 讀者服務信箱：service@readingclub.com.tw
香港發行所	城邦（香港）出版集團有限公司 地址：香港灣仔駱克道193號東超商業中心1樓 電話：+852-2508-6231 傳真：+852-2578-9337
馬新發行所	城邦（馬新）出版集團【Cite(M) Sdn. Bhd. (458372U)】 地址：41-3, Jalan Radin Anum, Bandar Baru Sri Petaling, 57000 Kuala Lumpur, Malaysia. 電話：+603-9056-3833 傳真：+603-9057-6622 讀者服務信箱：services@cite.my
麥田部落格	http://ryefield.pixnet.net
印刷	漾格科技股份有限公司
初版	2020年3月
初版三刷	2024年1月
售價	399元
ISBN	978-986-344-741-2

國家圖書館出版品預行編目資料

我彌留之際／威廉・福克納（William Faulkner）著；葉佳怡譯. -- 初版. -- 臺北市：麥田出版：家庭傳媒城邦分公司發行，2020.3
面； 公分. --（Great!；RC7053）
譯自：As I Lay Dying
ISBN 978-986-344-741-2（平裝）

874.57 109001184

城邦讀書花園
www.cite.com.tw

Printed in Taiwan.
本書若有缺頁、破損、裝訂錯誤，請寄回更換。